「分からないなら、分からせてやる。――安心して愛されろ」

唇が触れる距離で、そう囁かれた。

「ん……っ…」

顎に手を添えられて、再び唇が重なる。

触れるだけだった先ほどとは違い、口づけはすぐに深くなった。

王弟殿下の溺愛

王弟殿下の溺愛

天野かづき

22982

角川ルビー文庫

目次

口絵・本文イラスト／蓮川 愛

春を感じさせる明るい日差しの下を、何台もの馬車が連なって進んでいく。そのうちの一台、四頭立ての立派な馬車の横には、大樹の下に豊穣《ほうじょう》を表す麦の穂《ほ》が交差した紋章《もんしょう》が描《えが》かれていた。それは聖シュトルム王国の侯爵《こうしゃく》家である、アルベルン侯爵家の家紋《かもん》だ。

街道《かいどう》の両脇《りょうわき》に植えられた木々には白い花が咲き誇《ほこ》り、時折馬車の屋根に花びらを降らせていた。

その街道の先には、白い石造りの大きな建物があり、その手前にある門に多くの馬車が吸い込まれていく。

「なんだか懐《なつ》かしいな……」

以前は自分も通っていた学び舎《や》を馬車の窓から見つつ、ルーシャス・アルベルンは小さく呟《つぶや》いた。

まだ卒業して四年しか経《た》っていないというのに、ここで過ごした日々は随分《ずいぶん》と遠いことのように思える。

聖シュトルム王立魔法《まほう》学園。十五歳から十八歳まで、国内に住む多くの貴族子女が通う魔法と教養、政治経済を主に教えるための学園の一つであり、最も格式の高い学園である。

王族は必ずここに入学するため、好《よしみ》を結びたいと考える多くの貴族がこの学園への入学を目指す。だが、無条件にこの学園への入学を認められているのは王族だけであり、実際に入学できるものは、ある程度厳選されている。

ある程度、というのは入学を決定する項目《こうもく》のひとつに身分が含《ふく》まれているためだ。公爵《こうしゃく》家や侯爵家の子女であれば、よほど魔力が少なくない限りは試験を通過する。

そのせいで、子爵以下の子女のほうが成績のいいものが多いのが実情だ。そのことを懸案《けんあん》事項だと学園側も思っているのは在学中にも感じていたが、是正《ぜせい》するのはなかなかに難しいだろう。

――何せその、身分で全《すべ》てを黙《だま》らせる代表であるところの王子が、ああなのだから。

妹の婚約《こんやく》者である、この国の第一王子リカルドを思い出し、ルーシャスはため息を吐《つ》く。

ルーシャスは現在この聖シュトルム王国を離《はな》れ、隣国《りんごく》のバルトロア王国の魔法研究所で助手として働いている。バルトロアは近隣でも最も魔法に対する研究が進んでいる魔法大国であり、一応はシュトルムの友好国の一つでもある。

隣国とはいえ、国をまたいでの移動にはそれなりの時間がかかる。それでも帰国したのは、今日が妹であるエリアーナの卒業式だったからだ。本来卒業式には父母が出席すれば十分だが、ここのところエリアーナから届く手紙の内容がどうにも気になったため、半ば無理矢理休みを取って駆《か》けつけたのである。

休み明けの上司の嫌《いや》みを思うとげんなりはするが、エリアーナの憂鬱《ゆううつ》に比べればどうということはない。

そして、手紙に書かれていたエリアーナの憂鬱の原因が、第一王子リカルドなのだった。

魔力こそ貴族の平均以上であるが、そのほかが凡庸《ぼんよう》の域を出ないことや、そのせいか成績のよい子爵以下の子女に対して居丈高《いたけだか》に振《ふ》る舞《ま》うところがあるなど、いい評判はほとんど聞かない。

ルーシャスとは学園にいた期間がかぶっていないから推測に過ぎない部分もあるが、父も兄も王宮勤めであり、その上妹が婚約者とあっては離れた土地にいても、多少の情報は入ってくる。

まぁ、主に兄であるサイラスの愚痴《ぐち》として、ではあったが。

エリアーナは家族の中でも特に魔力が強く、治癒魔法《ちゆまほう》に優《すぐ》れている。それがリカルド殿下《でんか》には面白《おもしろ》くないのだろうと、苦々しい口調で言っていた兄を思い出す。リカルドの婚約者にと望まれたのはその魔力と治癒魔法のためだろうに、勝手なものだ。

リカルドの存在によって、学園内での学力差問題による、高位貴族とそれ以外の生徒達との溝《みぞ》はさらに深まっているらしい。

ルーシャス自身は魔力も多く、魔法も得意であるため、そんなゲタを履《は》かせてもらわずとも入学許可をもらえたと思いたいけれど……。

ゲタとはなんだっただろうとぼんやり考えているうちに、馬車は車寄せに着いたようだ。最初に馬車を降りると、次に降りてくる母に手を貸した。母はルーシャスの行為《こうい》にうれしそうに口元を綻《ほころ》ばせる。

「もうすっかり一人前の紳士《しんし》ね」

「そうだといいのですが」

思わず苦笑《くしょう》したのは、その言葉に結婚《けっこん》に対するプレッシャーを多少なりとも感じたからだ。

貴族の、それも侯爵家の子弟だというのに、ルーシャスにはまだ婚約者がいない。

次男であるから、結婚は自由にしていい、もちろん相手を探して欲しいというならば探してやるという両親のスタンスをありがたく感じながら、これまで誰《だれ》とも交際すらしてこなかった。

正直、興味が持てないのである。バルトロアに行くとなったときは、身の回りや屋敷《やしき》の面倒《めんどう》を見てもらえるように嫁《よめ》をもらってからのほうがいいのではと言われたが、そのときも結局断ってしまった。

興味が持てない以上に、身の回りや屋敷を任せるために嫁をもらうという感覚が、なんとなく自分には合わないのだ。それに、できることなら好きな人と結婚したいと考えてしまう。両親のやさしさに甘えているとは思うのだが……。

もちろん、家のほうで必要になって結婚せねばならないということになれば、従うつもりはある。

　とはいえ幸い、アルベルン侯爵家は国内でも有数の資産を持っており、領地の経営も非常に安定している。エリアーナの婚約に関しても、王家の側からの話で断り切れなかったのだと聞いていた。そうでなければ、姉のカトリーヌと同じように好きな相手に嫁《とつ》ぐことができただろうに……。

　考えつつも、案内に従って来賓《らいひん》用の席に向かう。

　来賓席は講堂の後ろ側にあったが、すでに席は大方が埋《う》まっている。高位貴族用に用意された席は生徒の様子がよく見えるように高い場所にあった。両親とともに席に座り、ルーシャスはエリアーナを捜《さが》す。

　ルーシャスと同じ銀の髪《かみ》は目立つ上、学園は生徒の平等を謳《うた》っているが、実際には暗黙《あんもく》の了解《りょうかい》として高位貴族子女の座る位置は決まっているため、エリアーナの姿は程《ほど》なくして見つけられた。

　だが……。

「少し顔色が悪い気がしますね」

「ええ……そうね」

　ルーシャスの言葉に、母は顔を曇《くも》らせる。父もまた厳しい顔をしていた。家庭人としてはいつも朗《ほが》らかな父だ。仕事以外でこのような顔をすることは珍《めずら》しい。

やはり、ルーシャスや母と同じように、エリアーナを案じているのだろう。

卒業後には結婚式の準備が始まるため、最近は王妃《おうひ》教育も佳境《かきょう》で、なかなか家にも帰ってきていないと聞いている。

その上、手紙に書かれていたことが事実ならば、精神的な負担も大きいだろう。体調にまで影響《えいきょう》が出ていてもおかしくはない。

――リカルドの不貞《ふてい》。

国を渡《わた》る手紙は、検閲《けんえつ》が行われることもあるため、はっきりとは書かれていなかったが、どうやらリカルドは、一年前に中途《ちゅうと》入学してきた少女と親しい関係にあるらしい。

ただ手紙には、こんなことは両親にはとても言えず、遠く離れた地にいるルーシャスだから零《こぼ》してしまったということが謝罪とともに書かれていた。

ルーシャス自身これを両親に告げていいか迷っていたのだが……。

あんな顔色で暗い表情をしたエリアーナを見て、そのためらいも消えた。

「……父上、母上、あとでお話ししたいことがあります」

ルーシャスの言葉に母は不思議そうな顔になったが、父はすぐに耳目《じもく》のあるところではできない話なのだと分かったのだろう、頷《うなず》いてくれる。

話せばリカルドとの婚約がどうなるかは分からない。だが、両親は妹を政治の道具だとは思っていないはずだ。侯爵《こうしゃく》家という高位貴族にありながら、アルベルン家はめずらしく家族の距《きょ》離《り》が近い。

リカルドとの婚約が決まったときも、断れなくてすまないと謝っていたほどだし、いいように取り計らってくれるはずだ。

もちろん、妹の気持ちが一番ではあるが……。

そう思いつつもう一度エリアーナに目をやると、隣《となり》に座っていた少女がエリアーナに声をかけているのが分かった。

何を話しているかはさすがに分からないが、エリアーナはぎこちないながらも微笑《ほほえ》んで頷いている。

友人なのだろう。仲良くしてくれる相手がいるのを見てほっとした。

交換《こうかん》留学できているバルトロアの王女と仲がいい、と聞いていたが、ひょっとして彼女がそうなのだろうか。

バルトロアで働く兄がいるという話をしたことがあると手紙に書かれていたこともあったし、エリアーナの友人ならば機会を見て挨拶《あいさつ》くらいはしておきたい……などと考えていたときだった。

ざわりと会場にざわめきが湧《わ》き、ルーシャスはその理由を探して視線を上げる。

それはすぐに見つかった。壇上《だんじょう》にリカルドが上がっているのだ。一人ではない。横に少女を一人伴《ともな》っているようだ。

もう式が始まるのだろうか？　ルーシャスが在学中は、学園に王族はいなかったため、開会の挨拶は学園長が行ったが、王族が卒業の際には変更《へんこう》があるのかも知れない。

エリアーナのことを考えているうちに両陛下がいらしたのかと思ったが、両陛下用の貴賓席《きひんせき》に視線を向けるとそこはまだ空席である。

「一体何かしら……」

母の呟《つぶや》きに、父と目を見交《みか》わして首をかしげる。

キン、と小さく金属音に似た音がした。魔法《まほう》の発動音だ。おそらく音声拡張術式だろう。

「本日は、わざわざ足を運んでいただき、ありがとうございます。式典の前に、私からいくつかお知らせしたいことがあります」

リカルドの声が会場に響《ひび》き渡る。

ルーシャスを含《ふく》め、一体何が始まったのかと、多くのものが表情に疑問を浮《う》かべていた。だが、今日までは学園の生徒だとはいえ、王族の言葉を遮《さえぎ》ることはできず、ただじっと成り行きを見守っている。

「まず、ここにいる少女を紹介《しょうかい》させていただきたい」

リカルドの言葉に、少女が一歩前に出てリカルドに並ぶ。

緩《ゆる》やかに波打つ、ピンクゴールドの髪に大きな水色の瞳《ひとみ》。瞳に反して鼻と口は小作りであどけない印象を与《あた》える。

華奢《きゃしゃ》な手足と、平均身長を割っているだろう小さな背丈《せたけ》が相まって、どこか庇護欲《ひごよく》をそそる少女だ。豪奢《ごうしゃ》なドレスに身を包み、胸を張っているものの、その表情は緊張《きんちょう》のためか強《こわ》ばっていた。

「彼女は、トルマリン伯令嬢《はくれいじょう》、アリス・トルマリン。聖女の力を持っています」

『聖女』という言葉に、その場の空気が変わる。信じられないというように息を呑《の》むもの、本当なのかと身を乗り出すもの。相変わらず、突然《とつぜん》の出来事に困惑《こんわく》するもの……。

だが、ルーシャスはそれどころではなかった。

アリスを見つめたまま、息も忘れたかのように目を見開いて硬直《こうちょく》する。だが、その脳内では処理しきれないほどの混乱が起こっていた。

ルーシャスはその少女を知っていた。

顔を知っているというレベルではない。その生《お》い立ちも、性格も、この学園に至るまでの道筋も、そしてこの一年間も……。

──アリス・トルマリン。

それは『宝石のような恋《こい》を教えて』のヒロインの名前だ。

『宝石のような恋を教えて』は、ネット小説の一つである。

異世界を舞台《ぶたい》とした恋愛《れんあい》小説で、アリスは貴族の女性が平民の男性と駆《か》け落ちして生まれた子どもだ。平民の子として育ったが、両親を事故で亡《な》くし、母の遺書に残されていた言葉に従って、伯爵《はくしゃく》家を訪ねる。そして、ずっといなくなったアリスの母を捜していた伯爵に孫と認められ、引き取られるのである。

その後、治癒魔法《ちゆまほう》が使えることが分かったアリスは、聖シュトルム王立魔法学園に中途入学することになる。

入学初日、アリスは広い学園で迷子になってしまう。そして、中庭で怪我《けが》をしていた小鳥を治癒魔法で癒《い》やしていたところをリカルド王子に見つかって……。

いや、そのあたりはどうでもいい。

問題は、キャラクターの名前や容姿、世界観や国、学校の名前などがことごとく現実と一致《いっち》しているということであり『宝石のような恋を教えて』を読んだのが前世の自分だということである。

前世の自分はゲイであり、こういった恋愛小説や、乙女《おとめ》ゲームを好む妹に勧《すす》められるまま、一緒《いっしょ》になって楽しんでいたのだ。

前世。

嘘《うそ》だろう？　と思う。だが、白昼夢や妄想《もうそう》で片付けるには、はっきりしすぎている。

アリス、リカルド、そして……。

「――――……エリアーナ」

口から零れたのは妹の名前だ。

だが、それは同時に小説の登場人物の名前でもある。

エリアーナ・アルベルン。まっすぐな銀髪《ぎんぱつ》と赤紫《あかむらさき》の瞳を持つ彼女は、ヒロインの恋の障害として立ちはだかる少女である。

リカルド王子の婚約者《こんやく》で、侯爵の娘《むすめ》。治癒魔法の使い手であることから王子の婚約者に選ばれた彼女は、アリスとリカルドの恋を幾度《いくど》となく妨害《ぼうがい》する悪役令嬢だ。

リカルドにはアリスの教養のなさをあげつらい、彼女のような人に関《かか》わるべきではないと苦言を呈《てい》し、アリス本人に対しても、マナーのなっていない部分を見つけてはこき下ろす。そして、リカルドに話しかけることは不敬であると叱責《しっせき》するのだ。二人の恋は邪魔《じゃま》が入れば入るほどに燃え上がった。その上、アリスは単なる治癒魔法の使い手ではなく、聖女であることが分かる。

リカルドは彼女を自分の妻にと望み、卒業式典でエリアーナを断罪、婚約を破棄《はき》し、アリスとの婚約を発表する。

――今起こっているのがそれだ。

突然の記憶《きおく》の奔流《ほんりゅう》に息も止まるほどにうろたえ、目眩《めまい》のような感覚に翻弄《ほんろう》されていたルーシャスが気づいたときには、エリアーナの行いが悪行として読み上げられていた。

曰《いわ》く、リカルドにはアリスの教養のなさをあげつらい、彼女のような人に関わるべきではないと苦言を呈し、アリス本人に対しても、マナーのなっていない部分を見つけてはこき下ろす。

そして、リカルドに話しかけることは不敬であると叱責した……。

小説の通りだ。……通りではある。だが。

「申し開きはあるか？」

発言を許可するリカルドの言葉に、エリアーナは一度深く息を吸うと、まっすぐに顔を上げて口を開いた。

「誤解です。わたくしは、トルマリン様が中途《ちゅうと》入学生ゆえに授業の遅《おく》れが見られるため、放課後は先生が特別教習を組んでくださっていると申し上げたのです」

「何が違《ちが》う？　授業に遅れが出ていることを馬鹿《ばか》にしていたのだろう？」

「殿下《でんか》が放課後、頻繁《ひんぱん》に彼女を自治会室にお誘《さそ》いになっていると聞きましたので、そちらを優先するべきではないかと申し上げただけです」

自治会室は、生徒自治会の会員室である。王族が在学中は、自治会長を務める慣習があるため、リカルドもまた生徒自治会長をしているはずだ。自治会室は、自由に使用できただろう。

「私に授業に遅れがあるような相手に近付くなと言った、ということだろう？」

こいつは馬鹿なのか？　とルーシャスは思う。小説で読んでいたときは、気にしなかったけれど実際に、現実として聞けばどれだけ馬鹿げた主張なのかと思う。

エリアーナの言葉にはなんら問題はない。問題は明らかに悪意のある解釈《かいしゃく》をしているリカルドのほうだ。当然そのことにこの場にいるほとんどの人間は気づいているだろう。どこか戸惑《とまど》うような空気が流れている。

　エリアーナの顔は、血の気を失い、紙のように白くなっていた。ルーシャスはエリアーナの心情を思い、ぎゅっと拳《こぶし》を握《にぎ》りしめる。エリアーナは王妃《おうひ》教育により、公式の場では感情を表に出さないように努めている。そのエリアーナがこうなっているのだ。とてつもない衝撃《しょうげき》をこらえているに違いない。

　小説の通りの世界ならアリスは確かに聖女なのだろう。だからといって妹をこんなところで見世物にしていい道理はない。

「申し開きは以上か？」

「……マナーに関しては、確かに何度か直接お話しいたしました。足首が見えるほど足を上げて走るのはよろしくないことや、大きな声で人を呼びつけるのは控《ひか》えたほうがよろしいと……あとは、男性――特に婚約者のいる男性に、みだりに触《ふ》れるべきではございませんし、身分が上の方に自分のほうから話しかけることも――」

「もうよい！」

　震《ふる》える声で言いつのるエリアーナの言葉を遮るように、リカルドが言った。

「それ以上、公衆の面前でアリスを馬鹿にすることは許さない。つまり、あなたは今私が言ったことに対して、何一つ異論はないと言うことだろう」

「そんな……」

信じられないというようにゆっくりと頭《かぶり》を振《ふ》るエリアーナに、リカルドが厳しい視線を向ける。

「あなたはひどい女性だ。ああ、アリス、泣かないでください。あなたは何も悪くないのですから……」

口元に手を当てて震えているアリスの肩《かた》にリカルドがそっと触れると、彼女はリカルドに寄りかかるように身を寄せた。婚約関係ですらない貴族の男女が、人前でする態度ではない。マナーの教師がいれば、眉《まゆ》を寄せるところだ。そんな態度で、よくもマナーに対して苦言を呈したというエリアーナを責められたものだ。

リカルドはひとしきり彼女を慰《なぐさ》めると、その肩を抱《だ》いたまま顔を上げた。

「皆様《みなさま》にも、エリアーナがどれほど酷薄《こくはく》な女性か分かっていただけたかと思います。彼女はいずれ国母となるにふさわしい器《うつわ》ではない。よって、私は彼女との婚約を破棄し、聖女であるアリスを新たな婚約者といたします！」

王子の宣誓《せんせい》に、ルーシャスはこらえきれずに立ち上がった。

「ふざけないでいただきたい！」

勢いがつきすぎていたのか、背後で椅子《いす》の倒《たお》れた音がしたがそれどころではない。視界が歪《ゆが》むほどの怒りで、体が震えていた。

リカルドが驚《おどろ》いたようにこちらを見る。

「妹が何か間違《まちが》ったことを言いましたか⁉　途中《とちゅう》入学生であるというその少女の勉強に遅れがあることは半ば当然のことでしょう！　特別教習があるならば受けるべきですし、邪魔をするべきじゃない」

「じゃ……邪魔……」

呆然《ぼうぜん》としたようにリカルドが呟《つぶや》く。だがルーシャスはそれを無視して言葉を続ける。

「マナーに関しても当たり前のことしか言っていません。殿下の婚約者として逸脱《いつだつ》した行為《こうい》ではないでしょう！　公衆の面前で馬鹿にすることは許さない？　ならあんたのやってることはなんだ⁉　あんたこそ今現在妹を公衆の面前で馬鹿にしているだろうが！　自分を棚《たな》に上げて何言ってんだこの馬鹿！　そもそも婚約者がいながら結婚《けっこん》前から別の女に手を出すような男、こっちから願い下げだ！」

話すうちにどんどんとヒートアップして、気づくとルーシャスはそう放言していた。もしも記憶が戻《もど》る前であったなら、ルーシャスはここまでのことは言えなかっただろう。良くも悪くも貴族としてのマナーが芯《しん》まで染《し》みついていた。だが、今のルーシャスはもう純粋《じゅんすい》な貴族としての意識と、前世に生きていた身分制度のない世界の意識が融合《ゆうごう》してしまっている。それがきっと、そのような暴挙を生んだのだろう。

しん、と会場が静まり返った。

「――お、お、お前……私に向かって馬鹿だと⁉」

沈黙《ちんもく》を破ったのは、激高のあまり震えるリカルドの声だ。

「許さんぞ！　エリアーナの兄と言ったな⁉　不敬罪でお前もエリアーナとともに国外追放とする！」

怒りのあまりだろう、真っ赤になった顔でリカルドが叫《さけ》んだ。だが、ルーシャスは怯《ひる》まない。

「そんなこと、殿下の一存で決められることじゃないでしょう」

そんなことも分からないのかというように、鼻で笑う。

「な……な……っ」

リカルドはルーシャスがさらに言い返すとは思っていなかったのか、赤い顔のまま言葉を失ったようにパクパクと口を動かしている。

だが事実だ。平民ならともかく、自分は貴族、しかも侯爵《こうしゃく》家の人間である。王太子とはいえ、国王でもないものの一存で処分できる身分ではない。

隣《となり》から、咳払《せきばら》いの音が聞こえて、ルーシャスは音の出所にちらりと視線を向ける。父親が眉を寄せているのが見えたが、その目がルーシャスを睨《にら》むことはなかった。

むしろよくやったと言っている気すらする。だが、その父が発言するよりも前に、別の声が会場の空気を震わせた。

「失礼。少し話をさせていただきたい」

低く深みのある声は、それほど大きいというわけでもなかったが、会場にいた人間の目が自然とそちらを向くような魅力《みりょく》と威厳《いげん》がある。

他《ほか》の皆《みな》と同じようにそちらに視線を向けたルーシャスは、見覚えのある姿に目を瞠《みは》った。

歳《とし》は確か、二十八だっただろうか。黒い髪《かみ》に、精悍《せいかん》な相貌《そうぼう》。この距離《きょり》では見えないが、その瞳《ひとみ》がエメラルドのような美しいグリーンであることをルーシャスは知っていた。

「クレイオス・ディクセン・オズワルトです」

「……『王弟殿下』」

思わず呟いてから、はっとして口元を覆《おお》う。

――クレイオス・ディクセン・オズワルト。

それは、バルトロア王国の王弟であり、大公である男の名だ。

だが、魔法《まほう》研究を行うものたちの間では『王弟殿下』と呼ばれることが多い。

それは、公《おおやけ》にはクレイオスの兄が玉座に着いてから、クレイオスが成人し大公となるまでの三年間のみ使用された呼称《こしょう》だ。

クレイオスが魔法研究において天才と評されるようになったのは、その三年間に当たる。まだ十代半ばの頃《ころ》だ。

その時期に彼が成した研究史に残るであろういくつもの偉業《いぎょう》によって、『王弟殿下』は研究者の間で天才として有名になってしまった。そのため、十年以上経《た》った今でも、研究者たちの中にはクレイオスのことを『王弟殿下《でんか》』と呼称するものが多いのだ。

魔法研究の徒であるルーシャスは、当然ながらその顔を知っていた。一度挨拶《あいさつ》をしたこともある。

クレイオスは、ルーシャスの働く魔法研究所の名誉顧問《めいよこもん》という立場だった。ほとんど名義を貸しているだけに過ぎず、研究所に足を運ぶことすらなかったが。

それでも、隣国《りんごく》の侯爵家のものとして夜会に赴《おもむ》いた際、挨拶くらいはさせてもらってもいいだろうと思ったのである。魔法使いとして尊敬していたし、大いに興味の湧《わ》く相手だったから……。

今日卒業を迎《むか》えるバルトロアの王女は、彼にとっては姪《めい》に当たる。叔父《おじ》として、または父親である王の名代として、ここにいることはなんらおかしくはない。

当然、リカルドもクレイオスのことは知っていただろう。困惑《こんわく》したようにクレイオスを見つめている。

いくらリカルドが馬鹿《ばか》でも、バルトロア王国を敵に回してはならないことくらいは分かっているようだ。

「ルーシャス殿《どの》、あなたは、現在我が国の魔法研究所に勤めている。そうですね？」

「え……は、はい。そうです」

その言葉にルーシャスは驚いて目を瞠ったものの、すぐに頷《うなず》く。まさか、覚えているとは思

わなかった。挨拶はしたが、その後どこかで声をかけられたということもない。

ルーシャスの反応に、クレイオスは満足気に頷き、リカルドを見る。

「彼には私も大きく関心を寄せているのです。国外追放するというならば、自分がもらい受けたい」

落ち着いた口調だったが、不思議と有無《うむ》を言わせぬような迫力《はくりょく》がある。当然、リカルドごときが反論できるはずもなく、言葉に詰《つ》まったかのように沈黙していた。

その間に、クレイオスの瞳は再びルーシャスに向く。その強い視線に、ルーシャスは縫《ぬ》い止められたかのように動けなくなった。

「もちろん、ルーシャス殿が了解《りょうかい》してくれるならば、妹君もこちらで保護しよう」

「エリアーナも……」

ルーシャスは、正直何が起こっているのか分からなかった。

覚えられていたことに驚いたというのもあるが、こんな展開はまったく記憶《きおく》になかったからだ。

正直、悪役令嬢《れいじょう》は国外追放された、というくらいしか覚えていない。物語はその後のヒロインと王子の結婚式へと場面を転換《てんかん》し、悪役令嬢であるエリアーナのその後は詳《くわ》しく書かれていなかったように思う。

だが、クレイオスの言葉が渡《わた》りに船であることは間違いない。

クレイオスが研究所の名誉顧問を務めているのは、単に王族だからではなく、魔法研究の第一人者としても名を馳《は》せているためだ。

これまでルーシャスがバルトロアの研究所にいたのは、いずれその成果をシュトルムに持ち帰るためだったが、国外追放となればシュトルムは自分の国ではなくなる。『自分がもらい受けたい』という言葉には驚いたが、今後はバルトロアのために尽《つ》くせという意味だろう。

そして、自分がそれを了承《りょうしょう》すれば、エリアーナもまた隣国で守ってもらうことができる。

ルーシャスは父母へと視線を向けた。母は不安げな表情をしていたが、父は決意を持って頷いてくれる。

次にエリアーナを見ると、エリアーナもまた祈《いの》るように胸の前で手を組み、こくりと頷いた。

「――――そのお話、ありがたく拝領いたします」

クレイオスをまっすぐに見つめ、ルーシャスはそう口にする。クレイオスは満足気に笑った。

そして、リカルドへと視線を向ける。

「では、そういうことで構いませんね？　貴殿《きでん》の望みにも合致《がっち》するでしょう」

「そ、それは……」

リカルドは言葉を探すように視線を泳がせる。すぐに頷かずにいるのは、本来ならばもっと惨《みじ》めに追い立てるつもりだったからだろう。

隣国の大公などという後ろ盾《だて》を得て、不自由なく隣国に移住するように見えるこの状況《じょうきょう》は面《おも》白《しろ》くないはずだ。

だが、国外追放という言葉に逆らう提言ではないことも確かであり、バルトロアの大公の機《き》嫌《げん》を損《そこ》ないたくはないと考えているのではないだろうか。

そんなことを考えて成り行きを見守っていたルーシャスは、身近に魔法の気配を感じて身じろいだ。

『――――両親を連れ、車寄せに向かえ』

耳元で聞こえたのは、間違《まちが》いなくクレイオスの声だった。ハッと目を瞠りクレイオスを見つめるがクレイオスはリカルドを見つめたままだ。

だが……。

「父上、母上、参りましょう。今のうちにここを離《はな》れたほうがいいかもしれません」

囁《ささや》くように言ったルーシャスに、二人は頷きそっと立ち上がる。そして、ことの成り行きを見守るようにリカルド達を見つめている人々の視線を避《さ》けてそのまま会場をあとにした。

背後で大きなざわめきが起こるのが聞こえた気がしたが、振《ふ》り返ることなく足を進める。

「申し訳ありません。あのような場で……」

「いや、いい」

「そうよ。むしろすっきりしたわ」

指示通り足早に車寄せに向かいつつ、ルーシャスは自らの蛮行《ばんこう》を両親に謝罪したが、両親は怒《おこ》るどころかそう言って微笑《ほほえ》んでくれる。

「ですが、侯爵《こうしゃく》家に……兄上と姉上にも迷惑《めいわく》をかけてしまうのでは」

「そのあたりのことは私に任せておけばいい。しかし、大公閣下の覚えがめでたいことには驚《おどろ》いたぞ。そのようなこと一度も言わなかったではないか」

「いや、それが私もまったく覚えがなくて……」

困惑するルーシャスに、両親も不思議そうだ。

「だが、お前だけでなく、エリアーナもというのだ。よほどのことだと思うが……」

それはそうだ。いくら国力的にバルトロアのほうが上だといっても、王太子に断罪された兄妹《きょうだい》を引き取るというのは、国交的にはマイナスだろう。

「大公閣下は魔法研究の第一人者であらせられるので、治癒魔法《ちゆまほう》の遺伝する血脈に興味があるのかも知れません。それに、エリアーナはバルトロアの王女殿下と好《よしみ》を結ばせていただいているようです。そちらからの配慮《はいりょ》だった可能性もあるかと」

「なるほどな」

やがて、車寄せにつくと、そこにはすでにバルトロア王家の紋章《もんしょう》のついた馬車が待っていた。すぐに、エリアーナもやってくる。そばには、先ほど会場で見た少女が付き添《そ》ってくれていた。

「お兄様……！　お父様と、お母様も……申し訳ございません。わたくしのせいで……」

「何を言っているんだ。悪いのは全《すべ》て殿下だろう。お前のしたことには何の間違いもない」

ルーシャスの言葉にエリアーナはぽろぽろと涙《なみだ》をこぼし、何度も小さく頷く。そんなエリアーナを母親がぎゅっと抱《だ》きしめた。

付き添っていた少女はそんな二人を見つめて、少し安堵《あんど》したように微笑んでいる。

「失礼ですが、バルトロア王国の王女殿下でしょうか」

「あら？　ご存じでしたのね」

ルーシャスの言葉に、少女が頷く。やはり、そうだったらしい。緩《ゆる》く波打つ柔《やわ》らかそうな長い金髪《きんぱつ》をハーフアップにした、目を瞠《みは》るような美少女である。緑の瞳《ひとみ》は叔父であるクレイオスよりも柔らかな色で、透明《とうめい》度の高い南の海を思わせる。

「シレイアと申します」

「エリアーナの兄、ルーシャスと申します。妹に大変よくしていただいていると、聞いております」

ルーシャスの言葉にシレイアはゆっくりと頭《かぶり》を振る。

「わたくしは何もできませんでしたわ。こんなことになってしまって……」

目を伏《ふ》せ、沈痛《ちんつう》な面持《おもも》ちでそういったシレイアは、すぐに思い直すように顔を上げた。

「でも、これからは違《ちが》います。バルトロアでは必ず、わたくしがエリアーナの力になりますわ」

「……ありがたきお言葉です」

シレイアが本当にエリアーナを大切な友人だと思ってくれていることが、うれしい。

そうしてシレイアと話しているうちに、クレイオスがやってきた。

「とりあえず馬車へ。中で話しましょう」

クレイオスの言葉に父親が頷き、皆《みな》で馬車へと乗り込む。すぐにクレイオスと父が手短に挨《あい》拶《さつ》を済ませ、今後のことについて話を詰めていく。

「先ほど言いましたが、お二人は私が責任を持ってバルトロアで保護します。ご夫妻はどうします？　他《ほか》のご兄弟についてもご希望があればお聞かせ願いたい」

両親は顔を見合わせる。母親が頷くと、父が口を開いた。

「――――正直、今回のことで腹に据《す》えかねる部分は大いにあります。だが、すぐに動くことは難しいかと……。しかし王家の対応次第《しだい》では助力をお願いすることになるやも知れません」

父親の言葉に、クレイオスはただ頷く。そのまま今後の細かなことを詰めていく二人の横で、エリアーナは先ほどよりずっとよくなった顔色で母親に手を握《にぎ》られていた。母のもう片方の手は、慰《なぐさ》めるように、愛《いと》おしむようにエリアーナの背を撫《な》でている。これが一番いいと分かっていても、国をまたぐほど遠くへ離れるのはどちらも淋《さび》しいだろう。しかも、こんなにも急に……。

やがてちょうど話が終わるころに、馬車が止まった。と言ってもどこについたというわけでもないようだ。そこには紋章のない、シンプルな馬車が停《と》まっていた。

「我々はあちらの馬車に移ります。侯爵はこのまま、この馬車をお使いください。侯爵家には王家のものが向かっている可能性がありますから、お送りできなくて申し訳ないが……」

「十分です。二人をよろしくお願い申し上げます」

そういった父親に、クレイオスは大きく頷《うなず》く。それからルーシャスとクレイオス、エリアーナ、シレイアの四人は馬車を降りた。

最後に両親に抱きしめられたエリアーナは馬車を降りながらも涙ぐんでいたが、悲愴《ひそう》な表情ではない。そのことにほっとしつつ、エリアーナとシレイアが馬車に乗り込むのに手を貸した。このまま自分が先に乗り込んで待っていいのだろうかと振り返る。クレイオスは護衛らしき男に命じて、馬車の中の両親に何かを渡しているようだった。

なんだろうかと思っているうちに、すぐにこちらに戻《もど》ってくる。

「さっさと乗れ、出発するぞ」

「は、はい」

ルーシャスは素直《すなお》に頷いて、馬車へと乗り込んだ。

両親に向けていたのとは違う、ややぞんざいな言葉に少し驚いたけれど、それは軽視しているというより気安い調子で、嫌《いや》な感じはしない。

むしろ、立場的にずっと上にありながら、両親に礼儀正《れいぎただ》しく真摯《しんし》な態度で対応してくれたことに感謝するべきだろう。いや、そもそも自分とエリアーナを保護すると言ってくれたことが、おかしいくらいで……。

馬車が走り出すと、エリアーナは窓の外をしばらく見つめていたけれど、やがて先ほどまでの母親の代わりというように手を握ってくれているシレイアへと視線を移して微笑む。

「シレイア様、本当にありがとうございます。大公閣下も……本当に感謝しております」

「気にしなくていい」

深々と頭を下げたエリアーナに、クレイオスは静かな声でそう言う。平淡《へいたん》な、ともすれば冷たいとも感じる口調は、ルーシャスが以前挨拶をしたときの印象に近かった。こちらのほうが素なのだろうか。

「今日はこのまま、メリダまで行く予定だ」

「メリダ、ですか？」

ルーシャスは驚いて目を瞠った。

メリダは、街道《かいどう》沿いにある中規模の街だ。ルーシャスもバルトロアに向かう際にそこの宿を利用したことがある。

しかし、あのときは屋敷《やしき》を早朝に出発したが、到着《とうちゃく》は門の閉まる時間ギリギリだった。今からでは日付を跨《また》いでしまうのではないだろうか。

「この馬車には魔法《まほう》がかかっている」

端的《たんてき》に告げられた言葉に、なるほどと頷く。まだ街中だから分かりづらいが、確かに衝撃《しょうげき》が少ないように感じる。衝撃緩和《かんわ》と軽量あたりだろうか。

そう訊《き》くと、当たりだと頷かれた。

「夜には着く。明日には国境を越《こ》える予定だ」

「分かりました」

「……ねぇ、エリアーナ」

話が一段落ついたのを見て、シレイアが口を開く。

「バルトロアに着いたら、落ち着くまで城でわたくしの友人として一緒《いっしょ》に過ごしてくれればうれしいわ」

「ですが、あの……」

シレイアの言葉に、エリアーナは驚いたように軽く目を瞠り、意見を求めるようにルーシャスを見た。

「エリアーナはどうしたい？」

「わたくし……わたくしはお兄様のおっしゃる通りで構いません。お兄様には、ただでさえご迷惑をかけたのですから……」

エリアーナのけなげな態度に、胸が痛む。

バルトロアで仕事をしているルーシャスには住居がある。広いとは言えない家だが、エリアーナの個室を確保するくらいはできる。エリアーナとはそちらで一緒に暮らすつもりだったが……。

ルーシャスは、仕事で一日の大半を留主《るす》にしている。もちろん、エリアーナも子どもではないし、一人とはいえメイドもいるのだから、問題ないといえばないのだろう。

だが、エリアーナは心に大きな傷を負ったばかりで、見知らぬ土地に行くことになる。知り合いは兄である自分と友人のシレイアだけだ。であれば、シレイアと一緒のほうがエリアーナもいいかもしれない。今は傷ついているエリアーナの心のケアが一番だろう。

「お前はどうしたい？　私は、エリアーナのしたいほうを支持するよ」

ルーシャスは、家の状況《じょうきょう》と、自分が家を空けていることが多いと説明した上で、もう一度問いかけた。

エリアーナはルーシャスの言葉に、迷うように瞳を揺《ゆ》らす。

だが……。

「エリアーナ……お願いですから、遠慮《えんりょ》なさらないで。わたくしがあなたと一緒にいたいのです」

シレイアがそう言うと、エリアーナはシレイアに向かって微笑《ほほえ》み、瞳を潤《うる》ませて頷いた。

馬車での移動は順調に進み、予定通り夜にはメリダへ到着した。

すっかりと日が落ちたあとではあったが、メリダの街はまだ賑《にぎ》わいを見せている。馬車が着いたのは、一軒《いっけん》の宿の前だった。

「急に二人増えてしまいましたが、大丈夫《だいじょうぶ》でしょうか」

「もちろん、問題ございませんよ」

そう答えたのは、三十歳前後とみられる男だ。ルーシャスは紹介《しょうかい》されるまでもなく、男のことを知っていた。

ロロ・モントレー。バルトロアの子爵《ししゃく》家の次男であり、クレイオスの側近である。馬車に乗っていたのは四人だったが、大公と王女の乗る馬車だ。さすがに護衛がいないはずもない。

ロロと護衛騎士《きし》達は、馬で馬車を追ってくれていたようだ。

「エリアーナはわたくしと同室よ」

シレイアの言葉に、エリアーナが頷く。

「アルベルン様はクレイオス閣下と同室です」

「え」

にこにこと微笑んだまま告げられた言葉に、ルーシャスは固まる。

「いや、しかしそれは……」

小説の内容を思い出すと同時に、ルーシャスは自分が前世ではゲイだったことも思い出していた。

まずい、と思う。

今もって女性にまったく興味が持てないのも、そのせいだったのだろうか……と納得《なっとく》するような気分だったが、思い出したせいでさすがにあんな美形と同室は無理だとも思ってしまう。

正直、馬車で隣《となり》に座られているのにも、どきどきして落ち着かなかった。

いや、さすがに襲《おそ》いかかったりはしないが、これから世話になる相手だ。万が一にも態度に出て、不快に思われては困る。

「大公閣下と同室なんて、さすがに申し訳ないですから、私は別の部屋を……」

「気にするな。そもそもこの宿に他《ほか》の空室はない」

ルーシャスの言葉を遮《さえぎ》るようにそういったのは、クレイオスだ。その言葉の真偽《しんぎ》を内心疑問に思ったものの、疑っている様子など見せるわけにもいかない。

「なら、別の宿に……」

「まだ国を出たわけではないのだから、戦力は分散させないほうがいい」

「ええ、万が一のことを考えて、ご一緒にいていただいたほうが我々もお守りしやすいので……閣下と同室で息が詰《つ》まるという気持ちは大いに分かりますが」

「余計なことを言うな」

軽口を叩《たた》いたロロをクレイオスが軽く睨《にら》んだ。

「差し出口を申しました。申し訳ございません」

ロロはそう言ったけれど、表情は笑顔《えがお》であり、反省している様子ではなかった。どうやら、思った以上に気安い関係らしい。

とりあえず、なんにせよ……。

「分かりました。お邪魔《じゃま》させていただきます」

さすがにそこまで言われて、それでも別の宿になどと言えるはずもない。ただでさえ迷惑《めいわく》をかけているのだから。

クレイオスとともに、宿の案内人のあとをついていきながら、ルーシャスは零《こぼ》れそうになったため息を呑《の》み込む。

――しかし、考えれば考えるほど不思議だ。

以前挨拶《あいさつ》をしたときは、ちらりと一瞥《いちべつ》され頷《うなず》かれただけで、ほとんど言葉すら交《か》わさなかったのだ。研究者としてのクレイオスに憧《あこが》れを抱《いだ》いていたルーシャスとしては、少しがっかりしたほどに興味を持たれなかった。

なのに、あんな状況で助けてくれるとは……。

あの場では、ルーシャスに関心があるようなことを言っていたけれど、少なくともバルトロアにいたときにそれを感じたことはない。

やはり、シレイアが頼《たの》んでくれたのだろうか。それが可能性としては一番高い気がする。

そんなことを考えているうちに、部屋に着いたようだ。

「すぐにお夕食をお運びします。ごゆっくりなさっていてください」

案内人はそういうと部屋を出て行く。ロロは安全の確認《かくにん》をしているのか部屋を見て回っていた。だが夕食が運ばれてくると、給仕《きゅうじ》に回ってくれる。本来ならばメイドか執事《しつじ》が行うことだが急な出立だったため、人手が足りないのだろう。

申し訳ない気持ちになったが、それを口にするとあっさり頭《かぶり》を振《ふ》られた。

「閣下は普段《ふだん》から人をそばに置きたがらないので、いつものことですよ」

そうなのか、と思う。

クレイオスは王弟であり、大公という公爵《こうしゃく》位よりも一段高い爵位を持つ。貴族の中でも最上位に位置する人物である。

上位貴族は普通《ふつう》ならば、多くの人間に傅《かしず》かれて生活しているものだ。ルーシャスはバルトロアではメイドを一人雇《やと》っているだけだったため、ある程度のことは自分でもできるようになっていたが、実家にいた頃《ころ》は生活のほとんどを使用人に依存《いぞん》していた。

侯爵《こうしゃく》家までは学園の寮《りょう》にも使用人を一人随伴《ずいはん》できるため、学園にいた頃もある程度は助けがあったくらいだ。

「遅《おそ》くなりましたが、妹に対する、王女殿下《でんか》のご高配には大変感謝しております」

食事をしながら、そう口にしたルーシャスに、クレイオスは小さく頭を振る。

「シレイアが勝手にしていることだ。気にしなくていい。もともと、随分《ずいぶん》と妹君には同情していたようだ」

「妹からの手紙にも、そのようなことが書かれておりました」

「そうか。あの『馬鹿《ばか》王子』の理不尽《りふじん》さは腹に据《す》えかねていたようだからな」

くすりと笑われて、頬《ほお》が熱くなる。馬鹿王子、というのは昼間卒業式会場で自分が切ってしまった啖呵《たんか》からとったのだろう。

「あれは愉快《ゆかい》だったな」

「ご容赦《ようしゃ》ください。頭に血が上っていたのです」

実際は頭に上っていたのは血だけではなく、前世の記憶《きおく》もだが。

「後悔《こうかい》しているのか？」

「いいえ？　まったく」

ルーシャスの答えに、クレイオスは一瞬《いっしゅん》目を見開き、愉快そうに笑った。

「――――随分と印象が違《ちが》う」

「印象、ですか？」

「ああ、そうだ」

なんの話かと首をかしげるルーシャスに、クレイオスは笑みを浮《う》かべた唇《くちびる》を開く。

「以前、お前が挨拶に来たときは、もっと小心でつまらない男にしか見えなかった」

小心でつまらない、などと面と向かって言うのはさすがに失礼ではと内心むっとしたけれど、事実ではある。

そういう意味で変わったように見えるならば、それは前世の記憶が戻《もど》ったせいだろう。かなりダイジェストではあったが、一生分の記憶だ。多少人格に影響《えいきょう》があっても仕方ないだろう。

「まさか、自国の王子に楯突《たてつ》くような男には見えなかった」

「あっ、あれはどう考えても殿下の言い分がおかしかったのだから仕方ないでしょう」

まぁそれでも口を噤《つぐ》むのが、自分の立場であれば普通なのだが……。

くっくっと笑われて、ますます頬が熱くなる。

「以前は猫《ねこ》を被《かぶ》っていたのか？」

「……初対面の他国の大公閣下に対して、猫を被らないものがいますか？」

ルーシャスの言葉に、クレイオスは苦笑《くしょう》する。

ルーシャスはごまかすように、フォークを口に運んだ。おいしい。思わず口元がほころぶ。

「魚が好きなのか？」

「肉も好きです。あまり好き嫌《きら》いはないほうですね」

昨日の夜は久しぶりに屋敷《やしき》の料理人であるピエールの料理が味わえて、幸せだったなと思う。

二度と食べられないと思うと、淋《さび》しいが……。

そう思ってからすぐに、そうでもないのだろうかと思い直す。

王家の対応次第《しだい》では、両親もバルトロアにやってくるという話だった。使用人達がどうするかは分からないが、一緒《いっしょ》に来る者もいるかも知れない。

そもそも、国外追放などという馬鹿げた命令が取り下げられる可能性は高い。そうすれば、両親がバルトロアに来ることがなくとも、ルーシャスが里帰りする機会もあるだろう。

「大公閣下は、シュトルムの料理はお気に召《め》しましたか？」

隣国《りんごく》とはいえ、調理法などに多少の違いはある。

「嫌いではない」

「それならよかった」

そんな他愛《たわい》もない話をしながら食事を終えると、ソファに場所を移して、酒を酌《く》み交《か》わすことになった。

クレイオスはシュトルムの料理よりも酒が好きだという。

確かに昔からシュトルムは酒造が盛んなのだ。元々『聖シュトルム王国』は宗教国家として名高く、教会の数も多い。シュトルムの酒造は教会で行われているため、古くからの歴史がある。

「……気になったんだが」

「なんでしょう？」

ゆっくりと酒を味わっていたルーシャスは、クレイオスの言葉に視線を上げる。

「なぜお前は簡単に妹のことを信じることができたんだ？」

「なぜって……」

意味の分からない質問に一瞬《いっしゅん》戸惑《とまど》った。

だが、答えは決まっている。

「家族なのだから当然でしょう？」

「王族に疑いをかけられていてもか？」

その言葉に、ルーシャスは少しだけ考え込む。

「……私は盲目《もうもく》ではないつもりです。もしも、疑いをかけたのが平民の子どもでも、妹が悪を為《な》したと思えたならば叱責《しっせき》するでしょう。今回はその逆だったというだけです。もちろん、エリアーナは誰《だれ》が相手であっても、悪意で行動するような子ではありませんが」

本当にやさしい子だ。その認識は、前世の記憶が蘇《よみがえ》ったからといって変わるものではなかった。多少の厳しさも持ち合わせてはいるが、それは侯爵家の息女として当然持っているべき矜持《きょうじ》である。それが、リカルドには気に入らなかったのかも知れないが……。

「他《ほか》の家族に似たようなことが起こったときも、同じように行動するのか？」

エリアーナのことを考えていたルーシャスは、思わぬ問いに我に返った。

「？　当たり前です」

随分とおかしな質問な気がしたけれど、ごまかす必要も感じず素直《すなお》にそう口にする。

クレイオスは何が面白《おもしろ》いのか、愉快そうに笑った。

「シレイアから話を聞いたときから、アルベルン侯爵家の兄妹《きょうだい》は随分と変わっていると思っていたが……。あのシレイアが気に入るわけだ。お前を手元に置くことにしたのは正解だったな」

「手元に置く？」

首をかしげるルーシャスに、なんだ忘れたのか、とクレイオスは呆《あき》れたように口にする。

「お前のことは俺がもらい受けるという話だっただろう」

「え？　……あれはバルトロアに尽《つ》くせ、という意味だったのではないんですか？」

「いや？　そんなことは少しも言っていない」

ルーシャスの言葉を、クレイオスはあっさりと否定する。

「バルトロアに戻り次第、俺の助手として働くよう手続きをする」

つもり、とか予定、というような言葉すらもつけずに断定されて、ルーシャスはどう返したものかと思う。

現在ルーシャスは、研究所でサランド・オブライエンという男の助手として働いていた。だから、急にそんなことを言われても正直困る。

「どうした？　不満か？」

「不満というか……現在の仕事がありますので」

サランドはバルトロアの伯爵《はくしゃく》で、仕事ができない上に、他国とは言え侯爵家のルーシャスを顎《あご》で使えることに愉悦《ゆえつ》を感じているようなどうにも嫌《いや》な男だが、仕事は仕事である。途中《とちゅう》になっている研究もある。

「当然そちらの手続きもしておく」

クレイオスは当たり前のことのように言う。

「お前はもう俺のものになったのだから、覚悟《かくご》を決めろ」

続けてそう言いながらまっすぐに見つめられて、ルーシャスは息を止めた。

アルコールのせいだけでなく、頬が熱くなる。鼓動《こどう》まで速くなっているのを感じて、グラスに視線を落とした。

顔がいいというのはそれだけで力だな……と思う。

そもそもこんな美形すぎる男と、二人で酒を飲んでいるという状況《じょうきょう》がおかしい。あとで金を要求されてもなんの文句も言えない気がしてきた。

「聞いているのか？」

「ひぇっ」

いつの間に隣《となり》に来たのだろう。顔をのぞき込まれ、思わず頓狂《とんきょう》な声を上げて慌《あわ》てふためくルーシャスに、クレイオスはぱちりと瞬《しばたた》く。

「……随分とかわいい反応をするな」

「ち、ちか、近いですっ」

頬《ほお》が熱くなるのが分かって、ルーシャスは慌てて距離《きょり》を取ろうと尻《しり》をずらした。だが、クレイオスはますます距離を詰《つ》めてくる。

「もっと見たくなった」

そう言うと、にやりと微笑《ほほえ》む。

「え、わ、あっ」

手からグラスを取り上げられたかと思うと、ころん、とソファの座面に転がされた。手首を頭上でひとまとめに押さえつけられて目を瞠《みは》る。

「な、な、な、なんですか⁉ 酔《よ》ってらっしゃるのですか？」

「そうかもしれんな」

口笛でも吹《ふ》き出しそうな楽しげな口調で言われて、ますますどうしていいか分からなくなった。

「酔っているなら水を持ってきますから……」

そう言ったけれど、クレイオスはルーシャスに覆《おお》い被《かぶ》さってくる。

「必要ない。むしろもっと酔いたいくらいだ」

「あっ」

頬を撫《な》でられて、びくりと肩《かた》が震《ふる》える。

こんなのはどう考えてもおかしい。心臓が高鳴りすぎて痛い。自分が恐怖《きょうふ》しているのか、期待しているのかも分からなくなる。

「だ、ダメです、こんな……んっ、な、んぅ……っ」

ゆるゆると頭《かぶり》を振《ふ》った途端《とたん》、頤《おとがい》を摑まれて唇《くちびる》を塞《ふさ》がれた。熱い舌が口内をかき混ぜるように動く。

官能を引き出そうという、明確な意志を感じる口づけ。顎の裏をくすぐられ、舌を搦《から》め捕《と》られて、ぴくぴくと肩が跳《は》ねる。前世を含《ふく》めても初めての体験に、どうしていいか分からない。息が苦しい。アルコールが勢いよく巡《めぐ》っているのが分かる。

「っ、は……っ、はぁっ……」

ようやく唇が離《はな》れたときには、ルーシャスは息も絶え絶えになっていた。視界がぐるぐると回っている。

「こういったことは初めてか？　キスだけで随分《ずいぶん》、感じているようだ」

「あ……っ」

ズボンの上から下腹部を撫で上げられて、いつの間にか自分がそこを固くしていたことを思い知らされた。

クレイオスのものになるというのは、こういったことも込みだったのだろうか？　そんな馬鹿《ばか》なと思う。

クレイオスほどの男が、自分の体を求めることなどあり得ないとすら思う。

大国の王弟、大公、天才魔法使《まほうつか》い。地位も名誉《めいよ》も、外見も才能も、全《すべ》てを手にしているはずの男だ。

だが、現実に今、クレイオスの手はルーシャスのベストについたボタンを外そうとしている。

「どうして、こんな……」

「言っただろう？　もっと見たくなった。――お前が俺の下で乱れるところを」

「あ……っ」

ベストの前を開かれ、シャツ越《ご》しに胸元《むなもと》を撫でられて、ルーシャスは息を詰める。

本当に、このまま抱《だ》く気なのだろうか？　それともからかっているだけ？

前世では結局一度も恋《こい》が報《むく》われることなどなく、男に抱かれたこともない。本人がいいというなら一度くらい流されても許されるかも知れない……。

そんなことを思ううちに、シャツのボタンまで外されていた。

「随分と白い肌《はだ》だ」

「け、研究室に、こもっている、ので……」

ルーシャスが抵抗《ていこう》を諦《あきら》めたのが分かったのか、クレイオスは押さえつけていた手を離し、両手でルーシャスの服を脱《ぬ》がしていく。

よほど手慣れているのか、肌を撫でられ身を捩《よじ》るうちに簡単に服は剝《は》がされてしまう。体に残されたのはシャツだけで、それだってもうボタンは全て外されてしまっていた。

「随分小さいな。だが、かわいらしい色をしている」

「あ、んっ」

一体何の話かと思った途端、胸元に唇を押し当てられた。ちゅう、と強く吸われてからようやくそこが乳首《ちくび》だと気がつく。

「や、ぁっ……あぁっ」

吸われたせいでわずかに固くなった乳首を、舌で転がされて、びくりと体が震えた。前世では、そこを自分で弄ったこともある。快感を覚えるようになるまでには少しかかったが、自分を慰《なぐさ》めるときはつい触《ふ》れてしまっていた。だが、この体に生まれてからは、一度も意図して触れたことはない。なのに……。

「な、んで……っ、んっ……ぅっ」

気持ちがいいと感じてしまうのは、なぜなのか。気持ちのいい場所だという記憶《きおく》が、錯覚《さっかく》を呼んでいるのだろうか。

「ひ、ぁっ」

わからない。だが、吸われ、舐《な》められ、軽く歯を立てられて、自分でも恥《は》ずかしくなるほど濡《ぬ》れた声が零《こぼ》れた。

「誰《だれ》かに、かわいがってもらったことがあるのか？」

「そ、な……ち、違《ちが》います……っ」

細められた目に見つめられて、ルーシャスは頭を振る。

「確かに、見た感じはそうだが……」

「あぁっ」

きゅっと、散々舐《ねぶ》られた尖《とが》りを指で摘《つ》ままれる。

「天性のものか？」

「ひ、あ、あぁ……っ」

指の腹で紙縒《こよ》りを作るように刺激《しげき》され、ルーシャスは強い快感に身を捩った。

「気持ちがいいか？」

こねくり回されて、指先で潰《つぶ》されて、なんでと思う端《はし》から快感が湧《わ》き上がる。

こんなのはおかしい。そう思うのに、体はどんどん気持ちがよくなって、抵抗しようにも力が入らない。

もう片方の手が、ゆっくりと撫で下ろすように脇腹《わきばら》を撫で、そのまま下腹部へと落ちていく。

「や、あ、あ……っ」

直接的な刺激に、びくりと腰《こし》が跳ねた。

とろりと先走りが零れ、クレイオスの手を濡らしたのが分かる。触れられたところを中心に、体がじんじんと痺《しび》れてたまらない。

「あ、んんっ……！」

そのまま根本からゆっくりと扱《しご》かれて、それだけでもうイッてしまいそうだった。

「は……っ、あっ、あぁっ」

ぐちゅりと濡れた音を立てて、先端《せんたん》の敏感《びんかん》な部分を弄られると、腰から下が全部溶《と》けてしまいそうな気さえした。

「も、ダメ……っ、やめて……くださ……っ」

「やめて欲しいようには見えないぞ」

「やっ…ぁっ、だ……だめ……あぁ――――っ」

再び乳首を吸われ、同時に恥ずかしいくらい固くなったものを扱かれて、背中がぎゅっと反り返る。

気づいたときには、白濁《はくだく》が自らの腹を濡らしていた。

「は、ぁ……っ、は……あっ」

クレイオスが一旦《いったん》体を離し、荒《あら》い息を零しているルーシャスの体を抱き上げる。そして、べッドへ下ろすとすぐうつ伏《ぶ》せにされた。

「や……んっ……うぅっ」

尻の間に、濡れた指が触れた。体の中に細くて固いものが入り込んでくる。それがクレイオスの指だと、ルーシャスはすぐに気がついた。

拒《こば》みたいのに、イッたばかりの体はぐったりとして力が入らない。クレイオスの指が、ぐるりと中を広げるように動く。

「ひ…あ、あ……っ」

痛みはない。だが、ひどい違和感《いわかん》があった。指は中をぐるぐると転げるように動いたあとは、ある一点を何度も何度も押したり擦《こす》ったりしている。

そこが前立腺《ぜんりつせん》なのだろうと、ルーシャスにも分かった。

「それやだ……あっ」

ゆるゆると頭を振っていたルーシャスは、徐々《じょじょ》にそこから、快感が広がっていくのを感じてうろたえる。

「あ、あ……や…っ、あ、あっ…」

「嫌《いや》？」

前には触れられていないのに、いつの間にかそこがまた固くなり始めていた。

「こんなに気持ちが良さそうに指を締《し》め付けているのにか？」

「あっ、やだ……ぁ」

抜《ぬ》き差しされて、ゆるゆると頭《かぶり》を振る。だが、クレイオスの言うとおりだった。きつく締め付けているせいで、指の形まではっきりと分かる。

やがて二本目の指が中に入り込んできた。ぐちゅぐちゅと濡れた音を立てて、ますます広げられていく。

「中、だめ……っ、だめ…あ、あ、あ！」

「慣らさなければ辛《つら》いのはお前のほうだぞ」

クレイオスはそう言いながら、容赦《ようしゃ》なく指を動かした。

広げてかき混ぜて、気持ちのいいところをまた何度も押される。零れ出る声は、先ほどより

もさらに甘い。

指はそのまま三本まで増やされて、やがてずるりと抜け出ていく。

「あ……」

散々指で弄られた場所は、指が抜かれてもまだなんとなくぽっかりと口を開けているような、

そんな感じがした。

クレイオスの腕《うで》が、ルーシャスの腰を掴み、腹の下に柔《やわ》らかいものが入れられる。おそらく

枕《まくら》だろう。

腰だけをわずかに上げた体勢になり、さらけ出された場所に熱く固いものが押しつけられ

る。

　それが何なのか、さすがにルーシャスにもわかった。

「……力を抜いていろ」

「あ……あ……んんっ」

　ゆっくりと押し込まれ、圧迫感《あっぱくかん》に息が詰《つ》まる。息を吐《は》いたほうが楽になると分かっていても、実践《じっせん》できなかった。

　だが、呼吸が苦しくなって吐き出すたびに、徐々に中を埋《う》められていく。ここまで強引《ごういん》にことを進めていたのに、痛みを与《あた》えないように気遣《きづか》ってくれていることが分かった。

「ん、ん……ぅっ」

　指では到底《とうてい》届かなかった奥まで、広げられていく。

　しかし、ようやく全《すべ》てが入ったことに、安堵《あんど》した途端《とたん》今度は逆に引き抜かれた。

「ひ、あっあっあっ、あぁっ」

　そのまま中を擦られると、ルーシャスの意思とは関係なしに、クレイオスのものを締め付けてしまう。そうして狭《せま》くなった場所を今度は引き抜かれ、また押し込まれて……。

「搾《しぼ》り取られそうだ……っ」

「んっ、やぁ……だめ……っおく、あっあぁ」

　深い場所まで何度も押し込まれる。逃《のが》れたくて、ルーシャスは必死に手を伸《の》ばした。だが、前に逃《に》げようとしたルーシャスを、クレイオスの腕は容赦なく引き寄せて、また深くまで突《つ》き入れてくる。

奥を突かれ、快感にすべてが押し流されていく。理性も、羞恥《しゅうち》も、ためらいも……。

気持ちがいいことしか、分からなくなる。

「あ、んっ、も、イク……イッちゃ…から…っ」

「イケばいい。何度でも、好きなだけ……っ」

「ひぁ……っ、あ……あぁ——っ」

無意識に腰をひねるようにして、中を強く締め付けながら、ルーシャスは絶頂に達する。

頭の中が真っ白になるような、強すぎる快感。

そうして、その先はもう、何もわからなくなった……。

●

どこかからノックの音が聞こえる。

メイドのサラが起こしに来たのだろうか。珍《めずら》しいことだ。ルーシャスはどちらかと言えば朝に強く、大抵《たいてい》は起こされずとも決めた時間に目を覚ますことができた。

返事をしようとしたけれど、妙《みょう》に喉《のど》が痛い。まさか風邪《かぜ》をひいたのだろうか。そんなことを思ううちに、別の声が返事をしたのが耳に届く。

随分《ずいぶん》と近い。この声は、誰《だれ》のものだっただろう……。

「クレイオス様……一体何をお考えなのです。今日も一日馬車での移動なのですよ？」

聞き慣れない声。さっきの返事とは違《ちが》う声だ。しかし、クレイオス？　クレイオスとは……。

「っ……！」

声にならない悲鳴を上げて、ルーシャスは目を開いた。

「うっ……」

がばりと身を起こそうとして、腰《こし》の痛みにうめく。

だが、視界には確かに二人の男が入っていた。クレイオスとロロ。先ほどのノックはロロのものだったらしい。

時間になっても起きてこない自分たちを、起こしに来たのだろう。

「目が覚めたのか？」

――ああ、そうだ。自分は昨夜《ゆうべ》この男に……。

しかもそれをロロに知られてしまったのだ。羞恥に頬《ほお》が燃えるように熱くなった。

「うう……」

恥《は》ずかしさのあまりもぞもぞと上掛《うわが》けにくるまりつつ、クレイオスを恨《うら》みがましい目で見つめてしまう。

「なんだ？　怒《おこ》っているのか？　昨夜は随分と気持ちよさそうにしていたのに」

「なっ……」

あまりの言葉に、ルーシャスはわなわなと唇《くちびる》を震《ふる》わせる。

「クレイオス様！　アルベルン様、クレイオス様は……なんと申しますか、そういった配慮《はいりょ》と申しますか気遣いと申しますか繊細《せんさい》さと申しますか……常識が欠けていて申し訳ございません」

主《あるじ》に対するには随分な物言いだったが、謝意は痛いほど伝わった。

「いえ、その……あなたに謝ってもらうことでもないですから……」

それに、強引ではあったが、流されたのは自分である。こんないい男となら一夜の過《あやま》ちというのもありかな、などとわずかにも思わなかったと言えば嘘《うそ》になる。

できれば、ロロには知られたくなかったが、ばれてしまったものは仕方がない。

「ありがとうございます」

ロロがほっとしたように微笑《ほほえ》む。だがその表情はすぐに、困惑《こんわく》に彩《いろど》られた。

「問題は今後のことですが……」

「辛いようなら妹を呼ぶか。治癒魔法《ちゆまほう》の使い手とのことだったな？」

「ちょっ、や、やめてください。大丈夫《だいじょうぶ》ですから」

確かに、エリアーナの力ならば、この程度の痛みや疲労《ひろう》など一瞬《いっしゅん》でよくなるだろう。だが、さすがにエリアーナには知られるわけにはいかない。

「少し、時間はかかりますが、自分でできますから……」

「自分で？」

クレイオスの声に頷《うなず》いて、ルーシャスは上掛けの中でそろそろと体を起こす。腰が痛いが、覚悟《かくご》していたため寝起《ねお》きのときのように崩《くず》れ落ちることはなかった。

少し呼吸を整え、腰や尻《しり》など痛む箇所《かしょ》に自ら治癒魔法をかけていく。慣れた作業だ。

「治癒魔法か……。そんな毛布の中ではなく、直《じか》に見せてみろ」

「ちょっ、捲《めく》らないでくださいっ」

ぴらりと上掛けを捲られそうになって、ルーシャスは慌《あわ》ててクレイオスの手を払《はら》い落とす。

どうやらクレイオスはこの事態に関してまったく、反省していないようだ。まぁ、そんな気はしていた。良くも悪くも、態度がまったく変わっていない。

もっとも、自分がいい思いをしてしまったのも確かなので、責められたものではないし、甘い雰囲気《ふんいき》などにされたら逆に困ったとは思う。

だからといって、少しもわだかまりがないとは言えないが……。これから上司と部下の関係になるのだと思ったら、お互《たが》いさっさと忘れたほうが、気が楽だろう。

ルーシャスは、自分にそう言い聞かせつつ、体中を癒《い》やしていく。

「しかし、兄妹《きょうだい》でどちらも治癒魔法が使えるというのは珍しいな」

「そういう家系なんです」

クレイオスの問いに、内心疑問を感じつつ答える。

「家系？　他《ほか》の兄弟や両親も使えるのか？」

「母は使えませんが、父は使えますよ。父方の血です。兄妹では私と妹が使えます。ご存じなのかと思っていましたが……」

知らなかったならば、ますます自分たちを保護してくれた理由が謎《なぞ》になる。

「治癒魔法が遺伝するというのは、聞いたことがないな。シュトルム特有のものなのか、それとも何か……」

考え込んでしまったクレイオスを放って、ルーシャスは治癒魔法を再開した。

馬車が無事にバルトロアとの国境を越《こ》えたのは、日が傾《かたむ》き始めたころだった。夜には再び宿に泊《と》まり（前日のことを鑑《かんが》みたのか、ロロが部屋を分けてくれたため問題は何もなかった）、首都であるアルロインについたのは、さらに翌日の夕刻のことだ。馬車はそのまま王城へと向かった。

王城は城とはいうものの、ひとつの街と言っていいほどに広い。王家の人間が暮らすだけでなく、大小様々なホールや、政治の場、働くものの寝泊《ねと》まりする建物や、騎士《きし》団の練習場、騎士達の宿舎、教会なども含《ふく》まれ、それぞれ身分によっては入れる地区が異なっている。

門はそれらの区切りであり、王女と大公を乗せた馬車は当然のように門をいくつも越えて、奥深くへと進んでいく。

「エリアーナの部屋は、わたくしの部屋のできるだけ近くに用意させようと思っているの。よろしいでしょう？」

「そんな、いいのでしょうか……」

「お客様としてもてなすのだもの。もちろん同じ棟《むね》というわけにはいかないけれど」

少しだけ残念そうに言うシレイアに、エリアーナが微笑む。

「とてもうれしゅうございます」

「……二人のときはもっと、学園にいたときのように親しく話してくれなくてはいやよ？」

シレイアの言葉にエリアーナは目を瞠《みは》り、頷いた。

「わかったわ」

エリアーナが小さな声でそう言うと、シレイアはとてもうれしそうに笑う。その様子を見て、エリアーナはきっとここで平穏《へいおん》な暮らしを得られると、ルーシャスは確信にも近い思いを抱《いだ》いた。

もちろん、これからどうなるか、はっきりとは分からないけれど……。

「王女殿下《でんか》、妹をよろしくお願いいたします」

「ええ。エリアーナはわたくしの大切な友人です。ご心配なさらないで」

「……本当にありがとうございます」

心からそう言ったルーシャスに、シレイアは輝《かがや》くような笑顔《えがお》を見せた。

さて、そろそろ自分は家に帰ろうと、ルーシャスはクレイオスへと視線を向ける。

「閣下、このたびは本当にありがとうございました」

いろいろと……本当にいろいろとあったが、世話になったことは間違《まちが》いない。そして、エリアーナのことだけでなく、今後も状況《じょうきょう》によっては実家の進退などについて、面倒《めんどう》をかけることになるだろう。

「気にしなくていい。今宵《こよい》は客間を使え。お前の部屋は明日までに用意させる」

「……は？」

何を言われたのか、理解するまでに少し時間がかかった。

今宵、というのはまぁ分かる。今はもう夜であり、泊まっていけというのは親切の範疇《はんちゅう》だろう。だが、部屋を用意させるというのは……。

「ええと……閣下？　私は城下に家がありますので、今からでも帰宅に問題はありません。そのようなお心遣《こころづか》いはしていただかなくとも結構です」

「だが、妹が城内で暮らすというのだ。お前もしばらくは妹についていてやったほうがいいのではないか？」

「それは……」

確かに、そのほうがエリアーナも安心だろう。けれど、いくらなんでも図々《ずうずう》しいのではないだろうか。

「官舎だと思えばいい。お前は俺の下《もと》で働くのだから、城内に部屋があったほうが都合がいいだろう」

「ああ、そういうことでしたか」

確かに、クレイオスの研究所は城内にあると聞いている。毎日城門を越えるのは手間がかかるし、効率が悪いと言われればその通りではあるのだ。

城内で働くものが城内に部屋を賜《たまわ》ること自体は、おかしなことではない。

「引っ越しの手続きや、作業については私のほうで手配いたしますのでご安心ください」

ロロも、そう言って安心させるように微笑んでくれた。

その上、ちらりと視線を向けた先で、エリアーナの目がわずかに期待するように自分を見つめているのに気づいて、決心する。

「では、申し訳ありませんが、お世話にならせていただきます」

こうして、ルーシャスのこれまでとはまったく違《ちが》った暮らしが、始まることとなったのであった。

城から出勤するなんて、ほんの一週間前には考えたこともなかったな、と馬車で城門を越えつつルーシャスはため息を吐《つ》く。

どうにもおかしな感じだが、これも今回だけのことだ。すでに、クレイオスの研究所に異動する手続きは終了《しゅうりょう》している。

気分は完全に転職だが、クレイオスが魔法《まほう》研究所の名誉顧問《めいよこもん》であったことから、手続きの簡略化もあって異動ということになったようだ。

今日も実際のところは出勤というより、元の研究室に異動の挨拶《あいさつ》に行くようなものだ。クレイオスからは必要ないと言われたが、急なことである。いくら嫌《いや》な上司だったとはいえ、一応の礼儀《れいぎ》として挨拶くらいはするべきだろう。

ついでに、私物の回収もしておきたいからと言って、午前中は元の研究所のほうに顔を出す許可を取ったのだった。

馬車を降り、まずは所長室へと足を向ける。どうせサランドはまだ来ていない。サランドよりも前に、所長に挨拶をしたほうがいいだろう。そのために、通常の出勤時間より早めに出てきたのだ。もちろん、所長が所内にいなければ、あとにするつもりだが、その可能性は低いとルーシャスは踏《ふ》んでいる。

そして、予想通り所長は所長室にいた。

イスカ・ハミルトン。四十代半ば、どこかぼんやりとした相貌《そうぼう》の男だ。ぼさっとした長くうねる金髪《きんぱつ》は櫛《くし》を通した様子もなく、一つに結ばれている。

「ええ、確か君は……」

「ルーシャス・アルベルンです。オズワルト大公閣下からの辞令を受け、本日付で大公閣下の研究所に行くことになりましたので、ご挨拶をと思いまして……」

「そうか、君か」

イスカは高位の貴族ではなく、子爵《ししやく》家の出だ。だが、魔法研究については有名な人物であり、クレイオスの兄弟子《でし》でもあると聞いたことがある。その関係もあって、クレイオスの指名で所長に就任したという話も。

悪い人物ではないが、完全に研究畑の人間で、所内の政治的なものはどちらかと言えば、副所長の管轄《かんかつ》だというのを所員ならば全員が知っていた。

とはいえ、今回の件に関しては、副所長であっても口を挟《はさ》めるものではなかっただろう。そして、話を通すという意味では、所長にさえ通っていれば問題はない。

「ああ、話は聞いているよ。昨夜《ゆうべ》閣下の側近が来てね……」

クレイオスが用意してくれた書状を見るまでもなく、イスカはそう頷《うなず》く。

「今までご苦労だったね。大公閣下の下《もと》で研究できるとは、羨《うらや》ましい話だ。これからも頑張《がんば》りたまえ」

「はい、ありがとうございます。お世話になりました」

ルーシャスが頭を下げると、イスカは頷いて退室を促《うなが》した。

それに素直《すなお》に従い、ルーシャスは所長室を出てサランドの研究室へと足を進める。

研究室は鍵《かぎ》がかかっていた。サランドはまだ来ていないらしいが、それはいつものことだ。

サランドは出勤時間のギリギリまで研究室にはやってこない。と言っても出勤時間など、研究所ではあってないようなものなのだが……。

サボっているという意味ではない。むしろ、多くの研究員が、長い時間を所内で過ごしているのだ。おそらくだがイスカも、別に早朝に出勤したわけではなく、所内に泊《と》まり込んでいたのだと思う。ほとんどここに住んでいるようなものだと聞いたことがあったし、だからこそルーシャスは少し早い時間だったにもかかわらず、所長室を訪ねたのだから。

その中で、サランドはむしろ異端《いたん》と言えた。あれほど研究に意欲のない男が研究室を与《あた》えられているのは、ほとんどがその伯爵《はくしゃく》という地位のためだろう。

案の定、研究室のドアには鍵がかかっていた。

ルーシャスはドアの鍵を開け、室内に入ると自分の机へと向かう。

研究に関する資料に関しては、ほとんど持ち出せない。悔《くや》しいが、ここの研究室の長はあくまでサランドであり、ルーシャスは助手に過ぎない。

たとえ、実質的に研究をしているのがルーシャスだったとしても。

まだ研究段階に至っていない、思いつきや疑問をまとめた手帳だけは自分のものだが、それは万が一にもサランドに見られることがないように自宅に置いてあった。そのため、今回の私物の持ち出しには関係がない。

残りも持ち出すものはほんの少しで、どちらかというと処分するものが多かった。とはいえ、放《ほう》っていくわけにはいかない。研究所には専任の清掃員《せいそういん》がいるため、ゴミだと分かるようにしておきさえすれば、始末してもらうことはできる。ルーシャスはサランドが来る前にできるだけ済ませてしまおうと、さっさと机を空にしていった。

サランドがドアを開けたのは、ルーシャスの作業がほとんど終了しようというところだ。

「おはようございます」

「なんだ、いたのか」

三十になったばかりの、線の細い神経質そうな男だ。その酷薄《こくはく》な性格を表すかのような細い眉《まゆ》が、ルーシャスを見て不快そうに寄せられる。

「はい。予定より早く戻《もど》れました。今回は急な休暇《きゅうか》をいただいて申し訳ありませんでした。ありがとうございました」

「大して役にも立たないのだから、戻ってこなくてもよかったがな」

サランドはルーシャスの言葉を鼻で笑い、自分の椅子《いす》に座る。

「それで、報告書の進捗《しんちょく》はどうなっている？　月末には間に合うんだろうな？　休暇を取ったから間に合わんなどということは許されないぞ。ああそれと、試石となる魔導石《まどうせき》の準備は済んでいるんだろうな？」

戻ってこなくてもよかったと言ったその口で、よくもそんなことが言えるものだなとルーシャスはため息をかみ殺す。

サランドは態度ばかり大きく、正直仕事はできない。研究も行き詰《づ》まりがちで、ルーシャスがここに来て以来、研究のほとんどがルーシャスのアイディアだ。それを恥《は》じるならばともかく、一度はそんなことができるはずはないと否定しておいて、数日後には自分が考えついたというようにルーシャスの案を出してくるあたり、救いようがない。

この男の下にいても、学べることは何一つないと、ここに来て早々にルーシャスは気づいていた。そういう意味では、クレイオスの下で研究できるというのは、喜ぶべきことだ。

この国の第一線の魔法研究に携《たずさ》われる、ということなのだから。

「おい、返事はどうした」

「――――オブライエン様、まずはこちらをご覧になってください」

ルーシャスはサランドの机の前に立ち、クレイオスからの書状を差し出した。

「なんだこれは？」

受け取ろうとしないサランドにため息を吐きたくなったが、ぐっとこらえてルーシャスは書状を机に置く。

「私は今日付で、こちらの研究所を辞することになりました」

「……なんだと？　辞《や》める？」

サランドはルーシャスを睨《にら》んだ。

「辞めてどうする？　お前なんて俺の名前がなければ何もできないだろう」

馬鹿《ばか》にしたように言ったサランドに、ルーシャスは内心どの口が言うのかと呆《あき》れ果てていたが、それは口に出さずに書状を手で示す。

「そちらにも書いてありますが、今日付でオズワルト大公閣下の助手になることになったのです」

「は？」

サランドは何を言われたか分からないというように、呆《ほう》けた顔になった。

「今日はご挨拶と、あとは私物を取りに来ただけです。これまで大変お世話になりました」

ルーシャスは胸に手を当て、すっと頭を下げる。

サランドは慌《あわ》てたように書状を手にした。そして、それを開くと大きく目を瞠《みは》る。ほんの数行の文章を何度も読み直しているようだ。

もちろん、ルーシャスも内容は知っている。

本日付で、クレイオスの助手とすることと、本人のサイン。それだけである。

「こ、こんなこと、俺は聞いていないぞ！」

「急なことでしたので……。所長にも話が行ったのは昨晩のようです」

「ふざけるな！　こんな……こんなことが認められるか！」

役に立たないだの、戻ってこなくてもよかっただのと言ったのはつい先ほどのことだ。なのに一体、何を言っているのかと思ったが、ルーシャスが口を開く前に、背後でドアの開く音がした。

「――俺の言葉には従えないと、そういうことか？」

聞き覚えのある声に、ルーシャスは驚《おどろ》いて振《ふ》り返る。思った通りそこにはクレイオスの姿があった。不機嫌《ふきげん》そうに眉を顰《ひそ》めている。

「たっ、大公閣下……!?」

ガタンと何かがぶつかる音とともに、サランドがうろたえた声で言う。振り返ってサランドを見ると、立ち上がってはいたが、今にも倒《たお》れるのではないかというほど顔色が青い。

まさか、クレイオス本人が現れるとは思っていなかったのだろう。ルーシャスも驚いたが、サランドの驚きはそれ以上のものだったに違《ちが》いない。

「どうなのだ？　俺の命令に逆らうのか？」

「め、滅相《めっそう》もございませんっ」

半ば叫《さけ》ぶようにそう言うと、胸に手を当て、深く頭を下げる。

「そうか。――私物の回収は済んだか？」

当然というように頷いたクレイオスは、ルーシャスのほうへと視線を向けると、そう訊《き》いてきた。

「あ、はい。終わっております」

「ならば行くぞ」

促されて、ルーシャスは言われるままに荷物を詰《つ》めたバッグを手に部屋を出る。

「迎《むか》えに来て正解だったな」

廊下《ろうか》を歩きつつ、クレイオスがそう呟《つぶや》いたのを聞いて、ルーシャスはぱちりと瞬《しばたた》く。

ひょっとして、サランドが何か言ってくるだろうと見越《みこ》して、心配してきてくれたのだろうか。

そんなふうに気を遣《つか》ってくれるタイプだとは、思ってもみなかったけれど……。

胸の奥がむずむずする。うれしい。こんなのは卑怯《ひきょう》だと思う。

「……ありがとうございました。迎えに来てくださって」

ルーシャスがそう言うと、クレイオスは一瞬《いっしゅん》足を止め、わずかに微笑《ほほえ》んだようだった。

先ほど出てきたばかりの城内に戻り、そのまま城の外れにあるというクレイオスの研究所へと向かう。

「随分《ずいぶん》奥にあるんですね」

この国の重鎮《じゅうちん》でも、入れるものは限られるのではないかと思うほど奥へ奥へと進んでいく。当然、普通《ふつう》ならばルーシャスの身分で入れる場所ではない。

「このほうが警備などの都合がいい。研究所のために増やす必要がないからな」

確かに、それはそうだろう。

「俺としては城から離《はな》れられればそのほうがいいんだがな」

王族としての仕事もあるため城からは離れられないが、研究によっては危険なこともあるため、研究所は被害《ひがい》の出にくい場所にあるのだという。

魔法《まほう》研究においては事故はつきものではある。先ほどの魔法研究所にも、専用の実験室が各々《おのおの》の研究室ごとに用意されていた。

火属性や風属性、水属性などの魔法の暴走も危ないが、一番危険だと言われているのは毒などの空気に混じってはまずいものが漏《も》れる例である。

そう考えると、外れとはいえ城の奥で魔法実験などしていいものなのかという疑問が浮《う》かぶのだが……。

しかし、その考えも研究所にたどり着くころには霧散《むさん》していた。

外れ、という言葉がこれほどまでに当てはまる場所もないだろう。突然《とつぜん》この場所に連れてこられたら、城の中だとは気づけないのではないだろうか。

長い屋根付きの渡《わた》り廊下を通って、広い庭を抜《ぬ》けた先にその研究所はあった。

庭には水の涸《か》れた大きな噴水《ふんすい》らしきものや、人工的なものらしい小川、それを渡るようにかけられた橋、こぢんまりとした屋敷《やしき》のようなものなどがあったが、人の気配はまるでない。明るいがどこか廃墟《はいきょ》のような、そんな雰囲気《ふんいき》を感じた。

研究所自体は二棟《むね》に分かれていて、手前にあるのは二階建て、そこから短い渡り廊下を挟《はさ》んだもう片方は平屋だ。おそらく、奥の平屋が実験室だろう。窓がなく、換気《かんき》口と思わしきものがいくつもある。

建屋の手前には薬草の植えられた温室があり、背後には人工のものだろうが鬱蒼《うっそう》とした森が控《ひか》えていた。城の奥にこんな場所があるなんて不思議だ。

聞けば昔はこの辺りに後宮があったのだという。

「四代前の王が後宮を廃《はい》してな。建物もいくつかを残して取り壊《こわ》された。それで、その一つを利用して研究所を建てることにした」

「なるほど……」

それでこんなにも奥まった場所にあるのかと、納得《なっとく》する。

だが、五代前までは後宮があったというのには、内心驚いた。現在のバルトロアは、むしろ王族の数が少ない。国王と王妃《おうひ》、皇后、二人の王子と、王女、そして大公。国王には弟であるクレイオス以外にも、妹が一人いたが、すでに国外に嫁《か》しているため、国内にいるのは七人だけのはずだ。

まぁ、そんな方向転換《てんかん》を余儀《よぎ》なくさせるようなことが、昔あったということなのだろうなとぼんやり思いつつ、二階建ての建物の入り口のドアを潜《くぐ》る。そこは吹《ふ》き抜けの玄関《げんかん》ホールで、廊下が左右に延びていた。

「こっちだ」

言われるままに右手側に進むと、クレイオスはドアを開けて室内へと入っていく。

「お帰りなさいませ」

そう声をかけてくれたのはロロだった。

どうやらここが研究室らしい。左右には天井《てんじょう》まである書架《しょか》があり、大きな机が奥に一つ、手前に一つあった。そして、それとは別にソファセットがあり、テーブルの上にはお茶の準備がされていた。

「本日からお世話になります」

ルーシャスがそう言うと、ロロは微笑んで、こちらこそと言ってくれる。

「ルーシャス様が来てくださったおかげで、私も肩《かた》の荷が下りました。心から感謝いたします」

しみじみとした口調にわずかな違和感《いわかん》を覚えつつ、ルーシャスは口を開く。

「様なんてやめてください。私は部下になるのですし」

ルーシャスの言葉に、ロロは驚いたようにぱちりと瞬くと、問うようにクレイオスへ視線を向ける。

「ロロとお前では役割が違う。ロロは王族としての俺の側近で、お前は俺の研究上の助手。ロロの部下ではない」

「かしこまりました」

クレイオスの下に就《つ》くという意味では同じだが、部署が違うということだろうか。

「ですが、やはり私がここで一番の新人であることには違いありません。モントレー様にはご指導いただくことも多いと思いますから……」

「では、ルーシャスさんと。ですが、私のことも気軽にロロと呼んでいただければ幸いです」

「ありがとうございます。ロロさん」

そうしてルーシャスとロロがにこにこ微笑み合っている間に、クレイオスはソファへと腰掛《こしか》けていた。

「いい加減にしてとりあえず座れ」

「は、はい」

言われるままに向かいに座ると、ロロがポットに向けて魔法を使う。水を満たしたあと、それを湧《わ》かす。水魔法《まほう》と火魔法。どちらも日常において非常に便利な力だが、両方ともを使えるのはなかなかに珍《めずら》しい。二種類使えることが珍しいというより、水と火は反発しやすいのだ。水と風、火と風、もしくは水と土などならば使える者はそこそこいるのだが……。

ちなみに、ルーシャスも治癒《ちゆ》魔法のほかには風魔法が得意だった。

「まずは、現在俺が行っている研究について学んでもらう必要がある。資料はすでに机に用意してあるから、なるべく早く目を通しておけ。だが、今日のところは――」

今後についての話をしている間に、ロロがお茶を注《つ》いでくれる。

そのお茶を飲みつつ、仕事についての説明を受けた。

手前の、資料の積まれた机がルーシャスの席であること、室内にある本や資料は自由に閲覧《えつらん》できるが持ち出しはできないこと、奥にある実験室につながる扉《とびら》は実験室を使っていないときは常に施錠《せじょう》しておくこと、出入り自体は自由だが個人的に使用したい場合は前もって許可を取ること、など。話の途中《とちゅう》でその鍵《かぎ》も貸与《たいよ》された。

ちなみにお茶は今ロロが淹《い》れてくれたが、建物内にはきちんとした厨房《ちゅうぼう》があり、簡単な調理なども可能らしい。お茶は自由に飲んで構わないということで、その辺りもあとで案内してくれるという。

また、二階には今は使っていない資料の収められた部屋などがあるようだ。そちらの資料に関しては、この建物内ならば移動は可能ということだった。

ちなみにロロは先ほどちらりと言っていたとおり、研究の助手はほとんどしておらず、大公としての仕事の補助と、身の回りの世話が主な仕事らしい。

城の執務棟《しつむとう》にも仕事場があるのだという。

「ここは遠いので行き来するのがなかなかに大変なんです」

そう言ってロロは笑ったが、先ほど歩いてきた距離《きょり》を思えば、それは冗談《じょうだん》でもなんでもなく本音なのだろうなと思う。

執務棟がどの辺りか、城に来たばかりのルーシャスにははっきりと分からないが、それほど奥まった場所ではないはずだから、本当に大変なのだろう。

「では、今後はほとんどこちらには来ないんですか？」

「朝と夕方に書類の受け渡しにくる程度になると思います。何かあればそのときに聞いてもらうか、執務棟のほうまで来ていただければ……あ、そうでした」

ロロは何かを思い出したようにそう言うと、懐《ふところ》に手を入れ、クレイオスに向かって何かを差し出した。

「こちらを」

「……ああ、そうだったな」

クレイオスは頷《うなず》いて、ロロの差し出したものを受け取ると確認《かくにん》するように見つめる。そして、今度はそれをルーシャスの前に置いた。

「これを常に見える場所に身につけておけ」

「これは……」

一体何だろうと、ルーシャスは首をかしげつつ手に取る。

それはごく小さなピンだった。金色で、何かの模様が入っている。弁護士バッジみたいだな、と内心思ったのだが……。

「通行証のようなものだ」

「なるほど。ありがとうございます」

今日はクレイオスが一緒《いっしょ》だったからよかったが、通常ならばどこかの段階で止められていただろう。

なくさないようにしようと、ルーシャスは早速《さっそく》襟《えり》にそのピンを留めた。

「ごちそうさまでした」

ちょうどお茶も飲み終えたルーシャスは、いよいよ仕事に移ろうと気を引き締《し》める。

「閣下、何か先に済ませたほうがいいことはございますか？　なければ、資料の閲覧のほうに――」

「クレイオスでいい。馬鹿丁寧《ばかていねい》な言葉遣《ことばづか》いも不要だ」

言葉を遮《さえぎ》られ、ルーシャスはぱちりと瞬《しばたた》く。

「わかりました。クレイオス様、何かありますか？」

「建物の案内を先に済ませよう。終わったら、今日は資料を読んでいていい。疑問点があればすぐに訊《き》け」

言うなりクレイオスが立ち上がる。机に戻《もど》るのかと思ったら、足が向いたのは先ほど入ってきたドアのほうだ。

どうやら、自ら案内してくれるつもりらしい。

「行くぞ」

その言葉に頷いて、ルーシャスも立ち上がり、あとに続いた。

「あの扉はサロンへの扉だが、ほとんど使っていない。面倒《めんどう》な客が来たとき用だが、ここに人が来ることはあまりないからな」

そう言って指さしたのは、研究室の斜《なな》め前の扉だった。大きさからいって、本来の屋敷《やしき》ならば研究室に当たる場所こそがサロンであり、サロンのほうはおそらく書斎《しょさい》となるだろうが、ここでは逆の用途《ようと》で使われているらしい。

そのあと最初に連れて行かれたのは食堂だ。玄関を入ったときに左に延びていた廊下《ろうか》の手前側が食堂、その奥の廊下の突《つ》き当たりが厨房につながっていた。

「厨房も食堂も自由に使って構わない。食事は昼と夜に運ばせているが、朝食も必要ならばロロに言っておけ。遠慮《えんりょ》はいらない」

「わかりました」

厨房を使っていいと言うことなら、夕食を運ぶときにでも多めに食材を用意してもらい、朝は自分で作るのもいいかも知れない。

その後は二階へと上がった。二階にはドアが五つあり、案内されたのはそのうち四つだ。一つは小さな洗面台のついた寝室《しんしつ》でここがルーシャスの部屋になるという。残りの三つのうち一つはトイレと浴室、もう一つが資料の詰《つ》まった部屋で、残りは物置のようだった。実験器具らしきものや過去の実験の成果による魔道具《まどうぐ》などが、棚《たな》の中に無造作に突っ込まれている。

「あっ、これ！」

その中の一つに論文で目にしたことのあるものを見つけて、ルーシャスは思わず声を上げた。

「どうした？」

「これって、無機物の浮遊《ふゆう》魔法用魔道具じゃないですか⁉」

「知っているのか？」

「当然です！　論文も読みました。確か四十秒間、垂直二センチの浮遊を可能にしたんですよね！」

浮遊魔法は、ルーシャスには大変興味のある分野だった。

「つまらない成果だろう」

「何を言ってるんですか！　素晴《すば》らしい成果ですよ！」

風魔法を使って何かを飛ばすことは簡単なのだが、浮《う》かすことは高度な風魔法使いでも未《いま》だに難しいと言われている。もちろん、ルーシャスにもできない。

それを、魔力を持つものなら誰《だれ》でも使うことのできる魔道具に落とし込むことなど、ほかの誰一人として成功していないことだ。クレイオスの成した偉業《いぎょう》の中でも特に有名なものの一つである。

その論文が発表されたとき、いずれは空を飛ぶことすら可能になるのではないかと、多くの研究者が夢を抱《いだ》いた。ルーシャスがバルトロアで魔法研究をしたいと考えたのも、この論文がきっかけだったのである。

「まさか、この目で見られるなんて……」

感動して涙《なみだ》ぐんだルーシャスに、クレイオスはどこか困ったように笑う。

「気になるなら、それは持っていってもいいぞ」

「えっ、本当ですか!?」

「ああ。もうすでに次の段階に進んでいるからな。参考までにばらしてみるのもいいだろう」

「ばらす？」

つまり分解する、ということだが……。

「してみたくないか？」

「したいです！」

目を輝《かがや》かせてそう返事をしたルーシャスに、クレイオスは頷くと、実験室の使用を許可してくれたのだった。

「晴れたなぁ」

朝起きて、カーテンを開けたルーシャスはそう呟《つぶや》いた。昨夜《ゆうべ》寝る前に降り始めた雨はすっかり上がって、水に濡《ぬ》れた木々がきらきらと輝いて見える。

ルーシャスは窓を半分開き、部屋に風を通すと、洗面台へと向かった。

部屋は前に暮らしていた屋敷の寝室と同程度の広さで、壁紙《かべがみ》は落ち着いたグリーン。ベッドと書き物用の机と椅子《いす》、クロゼットとキャビネット、書棚《しょだな》、一人掛《ひとりが》けのソファが二つと小さなテーブルがあった。

昨日のうちに、屋敷からの引っ越《こ》しはすっかり終わったらしい。服などはクロゼットに、ほかのものはキャビネットや書棚に収められている。

また、壁《かべ》の一角には魔法石用の暖炉《だんろ》と、魔道具である蛇口《じゃぐち》のついた洗面台があった。蛇口は捻《ひね》るだけで飲むことも可能な水が出てくる。この洗面台は、シュトルムではまだまだ珍《めずら》しいが、バルトロアでは首都であるアルロインや、地方の裕福《ゆうふく》な家庭で主流になりつつあるらしい。

前世の記憶《きおく》を取り戻してしまったルーシャスにとっては、かなりありがたい設備だ。

一つだけ謎《なぞ》なのは、奥にあるドアだ。向こう側から鍵《かぎ》がかけられているらしく開かないのだが、廊下にあるドアの位置からして、奥にあるもう一部屋と繋《つな》がっていることは想像できる。まぁ、案内もされていないし、使っていない部屋なのだろう。あとでロロに訊いてみてもいいかも知れない。

さっさと身支度《みじたく》を済ませ、一階の厨房《ちゅうぼう》へと向かう。そこには昨日のうちにお願いしてあったパンがちゃんと用意されていた。それを温め、その場で簡単な朝食を摂《と》る。

その後はあくびをかみ殺しつつ、研究室のドアを開ける。

少し寝不足なのは、遅《おそ》くまで許可をもらった魔道具を解体していたからだ。ついつい夢中になってしまった。

昨日、ルーシャスは言われた通り、クレイオスの書いた論文や、まだ発表に至る前の考察を読み、夜は時間の許す限り無機物の浮遊魔法用魔道具を解体したり組み立てたりという作業を行った。

それにより、研究者としてクレイオスがどれほど優《すぐ》れた人物なのかを、改めて理解できたように思う。

天才というのは彼のような人物をいうのだろう。クレイオスがこの魔法大国の王族として生まれたこと、それはこの国にとって……いや、世界全体にとっても僥倖《ぎょうこう》だったと、心からそう思った。

ルーシャスはバルトロアに来て以来、シュトルムにはまだ普及《ふきゅう》していない魔道具に幾度《いくど》となく感動していたし、研究所にいた頃《ころ》もほかの研究室で新しく開発されたものを見るときはいつでも心が躍《おど》ったものだ。

また、魔道具には魔力を注ぐことで発動するように魔《ま》法陣《ほうじん》を刻むことになるのだが、無機物の浮遊魔法用魔道具に組み込まれた魔法陣は一つではなかった。各々《おのおの》の魔法が相互《そうご》に作用しつつも、反発を抑《おさ》える複雑な魔法陣の構成や、道具のどの部分に配置するかなど、一度見ただけではどうしてそうするのか理解することすら難しい。論文を読み込み、陣の構成を細分化することでようやく理解に至ったが、その繊細《せんさい》かつ美しい陣には感動すら覚えた。

あんなのどう転んでも尊敬してしまう……。などと思いつつ部屋に入ったルーシャスは、驚《おどろ》いて目を瞠《みは》った。

なんと、ソファにその長身を押し込めるようにして眠《ねむ》っている人がいたのだ。

「クレイオス様……？」

どうしてこんなところで寝ているのだろう？　不思議に思いつつ近付くと、ソファの下に本が一冊落ちていた。これを読んでいて、そのまま眠ってしまったのだろう。昨夜、ルーシャスが実験室を出たときはいなかったように思うが、いつの間に戻ってきたのか。

どうするかしばらく迷ったものの、ルーシャスはその肩《かた》に手をかけ、そっと揺《ゆ》すった。

「クレイオス様、起きてください。まだ寝るならちゃんとベッドで休んだほうがいいですよ」

「……ん……ああ…もうそんな時間か」

ぱちりと目を開けると、クレイオスは起き上がり、軽く伸《の》びをした。目覚めのいいタイプらしく、すでに眠気《ねむけ》などみじんも残っていなそうな顔をしている。

「こんなところで寝ていては、体を壊《こわ》しますよ。寝るならちゃんとベッドで寝てください」

小言を口にしつつ、床《ゆか》に投げ出された本を拾い上げてテーブルに載《の》せる。

「やはりこれをソファではなくベッドに変えるべきか」

「何を言ってるんですか」

改善すべきはそこではないだろうと、ルーシャスはため息を吐《つ》く。

「もう少し眠りますか？　それとも軽く何か食べるなら伝えてきますが……」

「んー……」

「起きるなら洗面の準備をしましょうか？」

「うーん」

「……寝るなら自室に戻《もど》られてください」

「そうだなぁ……」

曖昧《あいまい》な相槌《あいづち》を打ちながらも動こうとしないクレイオスに、ルーシャスは大きなため息を吐いた。

「起きるなら起きるでしゃっきりしてくださいっ」

そう叱《しか》りつけるように言ってから、ハッとしたけれどクレイオスはむしろ楽しそうににこにこしている。

遊ばれている……というか、面白《おもしろ》がられているような雰囲気《ふんいき》だ。

「顔を洗ってくる」

ようやくソファから降り、部屋を出て行ったクレイオスにため息を吐きつつ、ルーシャスはテーブルの上に広げられたままだった資料を手に取る。

あまり弄《いじ》らないほうがいいだろうが、見出しなどを見て簡単に分類してまとめていく。クレイオスはすぐに戻ってきた。

「うん？」

迷わず机に向かっていったクレイオスが、自分の机の上に置かれた箱へと手を伸ばす。

「――――お前宛《あて》だ」

「え？」

クレイオスの言葉に驚いて立ち上がる。クレイオスの手には、一通の手紙があった。

「アルベルン卿《きょう》からのようだ」

「父から？」

ルーシャスは慌《あわ》ててクレイオスに駆《か》け寄る。

「随分《ずいぶん》と早く届きましたね」

よほど急ぎの連絡《れんらく》だったのだろうか、と思い少し不安になったのだが……。

「アルベルン卿にはこれの片割れを渡《わた》したからな」

「これ？」

ぽんと、クレイオスが手を置いたのは、先ほど手を伸ばしていた箱だ。金属製に見える。大きさは重箱に近いが装飾《そうしょく》は特にない。

「手紙専用の物質転送魔道具《まどうぐ》だ」

「――……え⁉」

一瞬《いっしゅん》息が止まるほど驚いた。

「物質転送の魔道具⁉　実物があったんですか⁉」

「そうだ」

驚きと興奮で大きな声を上げたルーシャスに、クレイオスはあっさりと頷《うなず》く。

ルーシャスは一見何の変哲《へんてつ》もなさそうな蓋《ふた》付きの箱をじっと見つめる。

物質転送魔法というのは、その名の通り物を離《はな》れた場所に瞬時に移動させる魔法だ。だが、世間的には現在、物質転送魔法を魔道具に落とし込むことは不可能とされている。

物質転送魔法を使える魔法使いは多くなく、そもそも希有《けう》な魔法なのだが、魔法の使用自体が、国によって禁止されていることも多い。バルトロアでは国王の許可がない限りは禁止されている。シュトルムでは唯一《ゆいいつ》教会では許可されていたはずだが、使える者が今現在いるという話は聞いていない。

禁止自体は密輸や武器の移動などを抑えるためのものだから、仕方のない側面はある。密室に爆砕《ばくさい》魔法のかけられた魔石を送るような真似《まね》も、やろうと思えばできてしまうのだから当然だろう。だが、非常に便利な魔法であることは間違《まちが》いない。

クレイオスがそれを魔道具にする理論を構築していたことは、昨日論文で読んだ。だが、実際に成功していたなんて……。

「手紙専用というのは……」

「現在送れるものは非常に少ない質量に限られる。その中で最も有用なものかと思ったのと、シレイアが留学するというので、ちょうどいいだろうと思って調整した」

「ここととシュトルム間の距離《きょり》を移動するということですよね……？」

「そうだ。理論だけならば、もっと行けるはずだ。これは、送った物の質量と日の履歴《りれき》が残るようにすることで、陛下の許可も得ている」

「履歴が？　それはどういう仕組みなんですか？　その理論の書かれた論文は見たことがないんですが」

「これを作るに当たっての特別な魔法陣を構築したからな……まだまだ公式に表には出せないから、論文としてまとめてはいない」

確かに、これを作ることは、クレイオスの立場だからこそ許されたのだろう。

だが、同じように許可を得たとしても、他《ほか》の人間にできたとは思えなかった。

「本当にすごい……」

物質転送魔法は特殊《とくしゅ》な魔法である。理論を構築するだけでも、ルーシャスには及《およ》びもつかない。その上で履歴を残す魔法陣まで組み込んであるというのは……。

「よくこんな大きさに収まりましたね」

「あまり大きくては、シレイアに持たせるのも難しかったからな。そのシレイアが持っていたものをこちらに来る前にアルベルン卿に渡したんだ」

そう言われて、あのときクレイオスの護衛らしき男が、両親の馬車に何かを運び入れていたことを思い出した。

あれがそうだったのか……。

「とりあえずこの辺にして、手紙を読んだらどうだ？」

「あ、ありがとうございます」

その言葉でようやく手紙の存在を思い出し、慌てて受け取った。

ルーシャスはその場で封《ふう》を開け、便せんを取り出す。そこには確かに見慣れた父の字が並んでいて、妙《みょう》にほっとした。

内容は当然、エリアーナに対するリカルドの暴挙に関してである。

それによると、王家にはすでに抗議《こうぎ》を行ったらしく、対応待ちのようだ。王家からふさわしい対応がなければ、自分たちもバルトロアへ行くと息巻いている。また、兄や姉も今回のことには怒《いか》り心頭であること、公爵《こうしやく》家に嫁《とつ》いだ姉からは、公爵もこちらに味方すると言ってくれていることも書かれていた。

あとは、エリアーナとルーシャスを気遣《きづか》う言葉と、クレイオスたちに対する感謝の言葉が綴《つづ》られている。

「どうだ？」

「まだあまり進展はないようですが、とりあえず悪い状況《じょうきょう》ではないみたいです。魔道具を使わせていただいてありがとうございます」

普通《ふつう》の郵便ならば、現在のような状況ではどこで検閲《けんえつ》にあうかも分からない。そうすれば内容もここまではっきりとは書けなかっただろう。届くにもずっと時間がかかったはずだ。

「読ませてもらってもいいか？」

「ええ、構いませんよ」

別に問題はないだろうと判断して手渡《てわた》すと、クレイオスはざっと目を通し、すぐに返してきた。

「以前も言ったと思うが、家族がこちらに来るというなら歓迎《かんげい》する」

「ありがとうございます」

実際、クレイオスが味方してくれていることは、これ以上ない僥倖《ぎょうこう》と言えるだろう。

　アルベルン侯爵《こうしやく》家は歴史もあり、領民との関係も良好だ。侯爵位を返還《へんかん》することは領民を思えば難しい。本当は国に残るのが一番ではある。それでも、王家に愛想《あいそ》が尽《つ》きたとなれば、早々に兄に爵位を譲《ゆず》るか、遠戚《えんせき》の誰《だれ》かに継《つ》がせるかして隠居《いんきょ》することになるだろう。そうしてこちらに来るというときに、後ろ盾《だて》があるのとないのではまるで違《ちが》う。その上、その後ろ盾が王家の一員であることは非常に心強い。

「屋敷《やしき》も探しておこう。希望があれば聞いておきたいところだな」

「えっ、いえ、さすがにそこまで面倒《めんどう》かけられませんよ」

「気にするな。それでアルベルン家がこちらに来るというなら安い」

　確かに、アルベルン家は治癒魔法《ちゆまほう》の家系で、そのような家系は、シュトルム国内にはもちろんバルトロアにもないようだ。そういう意味で、価値は高いといえるだろう。

「――――状況によっては、保証人になっていただけるよう、改めてお願いに上がることもあるかも知れません。その際はよろしくお願いします」

　ルーシャスが家を探したときは、隣国《りんごく》とはいえ侯爵家の子息であるという身分や、魔法研究所に所属するという立場などもあって、屋敷を探すことに不便はなかった。

　両親に関しても、兄が向こうで爵位を継ぐというならば、元侯爵であり、現侯爵の父であるという立場は価値を持つだろうが、もしも本当に爵位を返上するということになれば随分と話が変わってくる。

だが、実際のところ、希有な血筋のせいもあって、シュトルムがアルベルン侯爵家を簡単に手放すことはないだろう。

とはいえ……アリスが聖女であることも、小説通りならば本当のことのはずだ。そのことが、ルーシャスは気になっていた。

聖女の存在は、宗教国家であるシュトルムにとっては非常に大きい。

前もってきちんと、エリアーナへの誠意を持った上で相談してくれれば、両親もエリアーナも婚約《こんやく》を白紙にすることに関して同意しただろうと思えるほどだ。

元々がアリスをヒロインとした小説ならば、断罪と婚約破棄《はき》までの流れを止められなかったことも仕方のないことなのかもしれないが……。

いたずらに心も名誉《めいよ》も傷つけられたエリアーナを思うと、胸が痛む。

ともかく、今はもう小説の埒外《らちがい》だ。今後のことを前向きに考えたほうがいいだろう。

「ルーシャス?」

考え込んでいたルーシャスは、クレイオスの声にはっと我に返った。

「考えごとか?」

「あ、いえ、すみません。なんですか?」

「聖女というのはどういうものなのか、と訊《き》いただけだ」

「ああ……」

バルトロアは魔法《まほう》技術が発展しているせいか、治癒魔法はめずらしくはあるが、あくまで魔法の一つという考えが主流だし、そこに神性を感じることはない。

聖女を崇《あが》める特殊な宗教は、シュトルム独自のものだ。対外的には、聖女は優《すぐ》れた治癒魔法が使えるとされており、そのため治癒魔法自体が特別視される傾向《けいこう》がある。

――そして、聖女という者の真の特異性。

それは本来隠《かく》しておくべき事項《じこう》だが、クレイオスには知っておいてもらったほうがいいかも知れない。

国に対して忠誠を誓《ちか》っていた頃《ころ》ならばいざしらず、今となっては話すことに抵抗《ていこう》はなかった。単に王家が憎《にく》いとかそういうことではなく、前世の記憶《きおく》のせいか愛国精神そのものが薄《うす》まってしまったような感覚がある。

とはいえ、あまりおおっぴらにしていいことではないというのも確かなわけで……。

「……一応、国家機密の一つですので、他言しないと約束してくれますか？」

「わかった」

これだけ世話になっておきながら、こんなことを約束させるのは失礼だと思いつつも口にしたルーシャスに、クレイオスはあっさりと同意してみせた。

ルーシャスはほっとしつつ、口を開く。

「通常の治癒魔法は怪我《けが》を治すものです。それは、クレイオス様もご存じだと思います。でも、れるのです」

聖女は違う。病気にまで働きかけることができるほどの強い治癒魔法を持つものが、聖女とさ

「病気を治すのか？　魔法で？」

クレイオスが怪訝《けげん》そうに眉《まゆ》を寄せる。

「はい。信じがたいことだとは思いますが……」

「……病魔《びょうま》を退ける、と聞いたことはあったが、てっきり聖女と教会の価値を高めるための誇《こ》張《ちょう》だと思っていた」

「そうでしょうね。クレイオス様に限らず、周辺諸国がそのような認識《にんしき》だというのは分かっていました。むしろあえてその程度の認識にとどめるように、国を挙げて振《ふ》る舞《ま》っていたのですから」

本当だと知られれば聖女の身が危《あや》ういので、教会側でもはっきりとは明言していないのだ。デモンストレーションのようなこともしない。だが、王家とそれに連なる者、そして侯爵以上の高位貴族と教会の上層部は知っていて、王族はもちろんとして、高位貴族の中では当主と嫡子《ちゃくし》、教会内では教皇だけがその力の恩恵《おんけい》にあずかれることになっていた。

「研究してみたいものだが、まぁ無理だろうな」

「難しいですね」

聖女の存在は、シュトルムにおいてはその辺の王族よりも価値がある。唯一《ゆいいつ》上に立てるのは

国王だけのはずだ。

そもそも、研究の対象にすることなど教会が許すはずがない。

「研究といえば、いずれお前の家族についても研究したい」

「え？」

「地水火風の四大魔法が遺伝することはままあるが、その他《ほか》の特殊《とくしゅ》な魔法は突発《とっぱつ》的なものだというのは、魔法学の基礎《きそ》だろう。例外は聖魔法だが……治癒魔法が遺伝するなど聞いたこともない」

「それは、まぁそうです」

というか、最初はその実験が目当てで助けてくれたのだろうと思ったくらいだ。抵抗はない。

「私に対しての実験は構わないんですが、妹に関しては本人次第《しだい》ということで、納得《なっとく》していただきたいです。妹が進んで協力したいと言わない限り却下《きゃっか》ということで」

はっきりそう言ったルーシャスに、クレイオスは沈黙《ちんもく》し、それから笑って了承《りょうしょう》してくれた。

「まったく……俺にそんな口をきくのはお前くらいだぞ」

呆《あき》れたような言葉。ルーシャスは、しまったと思い目を泳がせたが、クレイオスの唇《くちびる》は機嫌《きげん》が良さそうに弧《こ》を描《えが》いたままだった。

「そろそろ夕食の時間だが、区切りはつくか?」

そう声をかけられて、論文を読みふけっていたルーシャスはハッとして顔を上げた。

いつの間にか就業時間は過ぎていたらしい。と言っても目安として、十時から十八時くらいという曖昧《あいまい》な区切りであり、あまり重要視されていないのは研究所にいたときと変わらないようだ。

「大丈夫《だいじょうぶ》です。すみませんお待たせして……」

昨夜《ゆうべ》も夕食はクレイオスとともに食堂で摂《と》ったので、今日もそのつもりなのだろうと思ったのだが……。

「今日は城のほうで摂るぞ。お前の妹にも声をかけてある」

「えっ、そうなんですか? ……分かりました」

城でというのは正直気が引けるが、エリアーナもいるというならば断れるはずもない。

「では、あとで。ああ、迎《むか》えに行くから部屋で待つように」

「はい。失礼します」

研究室前で一旦《いったん》クレイオスとは別れ、着替《きが》えのために部屋へと向かう。城での晩餐《ばんさん》というならば、きちんとした服で行くべきだろう。一応夜会などに顔を出せるように用意はあるが……

などと考えつつドアを開けると、ソファテーブルの上と下に一つずつ箱が置かれていた。

一体何だろうと思いつつ近づくと、箱に巻かれたリボンに夕食の席にこれを着てくるようにと書かれたメッセージカードが挟《はさ》まれている。そこには署名もあった。

「クレイオス様から……？」

慌《あわ》てて箱を開けると、中には礼服が一式入っている。まさかと思ってもう一つの箱を開ければ、そちらには革靴《かわぐつ》が収められていた。

「まじか……」

いや、確かに何を着るか迷っていたから助かったけれど……。

ただでさえ世話になっているというのに、あまりの厚遇《こうぐう》に呆然《ぼうぜん》としてしまう。だが、すぐに晩餐に遅《おく》れるわけにはいかないと気づいて身支度《みじたく》を開始した。

ノックの音がしたのは、着替えが終わり、櫛《くし》で髪《かみ》をなでつけていたときだ。

慌てて櫛を置いて返事をすると、すぐにドアが開く。そこには、きっちりと礼服を着込んだクレイオスが立っていた。

「用意は終わったか？」

「は、はい。ちょうど終わったところです」

頷《うなず》いて、ルーシャスは入り口へと向かう。

「素敵《すてき》な服をありがとうございます」

ルーシャスがそう言うと、クレイオスはルーシャスをまじまじと見つめ、満足気に頷く。

「よく似合っているな」

「……ありがとうございます」

頬《ほお》が熱くなるのを感じて、ルーシャスはそれを隠すように少し俯《うつむ》いた。なぜだかひどく恥《は》ずかしい。

「よし、行くか。待たせるとうるさいからな」

そうクレイオスに促《うなが》され、ルーシャスは苦笑《くしょう》しつつ部屋を出た。

「どなたがいらっしゃるのか、訊《き》いてもいいですか？」

「そんなに硬《かた》くならなくてもいい。俺たちのほかはお前の妹と、シレイアだけだ。シレイアがどうしてもと言ってな」

「そうでしたか」

その言葉にほっとする。服まで贈《おく》られるような状況《じょうきょう》だったので、国王がいるのではないかと疑ってしまった。

「まぁ、国王陛下にはそのうち紹介《しょうかい》してやる」

「――……大変光栄です」

さらりと告げられた言葉に一瞬《いっしゅん》頬を引きつらせつつもそう返したルーシャスに、クレイオスはからかうような笑《え》みを浮《う》かべる。

「お前の武勇伝については話しておいた。会うのが楽しみだと笑っていたぞ」

武勇伝というのは、おそらくだが卒業式でのリカルドに対する暴言のことだろう。

「……勘弁《かんべん》してください」

ため息を吐《つ》くと、今度は声を立てて笑われる。

そんなやりとりをしつつ連れて行かれた食堂は、小食堂のひとつらしい、どことなくかわいらしい雰囲気《ふんいき》の部屋だった。

天井《てんじょう》のシャンデリアは小ぶりで、揃《そろ》いの意匠《いしょう》の壁掛《かべか》けランプもクリスタルで飾《かざ》られてきらきらとやさしい光を発している。クリーム色の壁《かべ》には、柔《やわ》らかい色調の風景画が掛けられていた。

二人が部屋に着くとすぐに、シレイアとエリアーナもやってくる。四人の晩餐は和《なご》やかに始まった。

「この四人しかいないんだ。礼儀《れいぎ》などは気にしなくていいし、話したいことを話して構わない。

――特に、ルーシャスとエリアーナ嬢《じょう》は話したいことが山ほどあるだろう。我々に遠慮《えんりょ》する必要はない」

最初にクレイオスがそう宣言してくれたおかげもあって、ルーシャスは言葉通り遠慮なく、エリアーナの暮らしぶりなどについて質問することができた。

城の中でも特にシレイアの部屋の近くに部屋をもらったというエリアーナは、旅の疲《つか》れもすっかり抜《ぬ》けたようで、表情も明るい。

もちろん、卒業式の一件について、憂《うれ》いが全《すべ》て晴れたわけではないだろう。だが、少なくとも今のところ、ここでの生活がいい影響《えいきょう》を与《あた》えていることは間違《まちが》いない。

さらに、今日はシレイアの買い物に付き合って、ドレスをプレゼントされたらしい。

叔父《おじ》と姪《めい》でやってることが似ているな、と内心思いつつも微笑《ほほえ》む。

「そうなのか。――王女殿下《でんか》、ご厚情《こうじょう》痛み入ります」

「気にしないでください。友人に贈《おく》り物をするのは普通《ふつう》のことだわ。それに、わたくしがエリアーナとおそろいのものを身につけたかったの。エリアーナならきっと、バルトロアのドレスも似合うと思っていたのだけれど、想像以上でしたわ」

ふふっ、とどこか得意げに笑ってシレイアがエリアーナを見つめる。その視線を受けて、エリアーナははにかみ、ほんのりと頰を染めた。

バルトロアのドレスは、シュトルムに比べると露出《ろしゅつ》が多いから、少し恥ずかしいのかも知れない。スカートの丈《たけ》は同じように長いが、鎖骨《さこつ》は出すのが普通だ。いや、シュトルムのドレスの露出が少ない、と言うべきなのか。

シュトルムは宗教国家であり、聖女を崇《あが》めるという性質上、未婚《みこん》女性の服は総じて保守的で、夜会服であってもあまり肌《はだ》を出すことはない。首の辺りまできっちり覆《おお》われているし、袖《そで》が短いドレスであっても、肘《ひじ》まである手袋《てぶくろ》で肌を隠《かく》す。

シュトルムの侯爵家令嬢《こうしゃくけれいじょう》として、慎《つつし》み深く育てられたエリアーナには、驚《おどろ》くことも多いだろう。

だが、シレイアがそばにいれば、それを肯定的《こうてい》に捉《とら》えることがきっとできる。

本当に、いい友人がいてよかったと、ルーシャスは心から思った。

「お兄様のほうはどうなのですか？　お仕事のほうは……」

「クレイオス様がよくしてくださっているよ。これまでの職場よりもずっと充実《じゅうじつ》した仕事になりそうだ。部屋も近いから、随分《ずいぶん》楽をさせてもらっているしね」

もちろん、これはクレイオスがこの場にいるから言っているというわけでなく、本心からの言葉だ。

「そうですか」

エリアーナはほっとしたように微笑む。今回の騒《さわ》ぎで、兄の職場や住居が変更《へんこう》されたことを気にしていたのだろう。

――この様子ならば、話しても大丈夫そうか。

そう判断したものの、ルーシャスが実際にその話題を口にしたのは、食後にデザートが並べられてからのことだった。

「……そう言えば、父上から手紙が届いたんだ」

「お父様から？」

驚いたように目を瞠《みは》ったエリアーナに頷いて、ルーシャスは意訳した内容を伝える。

王家に抗議《こうぎ》を行ったが今は返答待ちであること、父母だけでなく、兄姉《けいし》や公爵家《こうしゃく》も味方であり、エリアーナに問題があったとは考えていないこと、そしてエリアーナのことを心配していたこと……。

「そうですか……」

呟《つぶや》くように言って、エリアーナはわずかに瞼《まぶた》を伏《ふ》せる。だが、心配そうにシレイアが名前を呼ぶと、ゆるゆると頭《かぶり》を振《ふ》った。

「わたくしは幸せ者ですね」

視線を上げ、小さく微笑む。

「お役目を果たせなかったというのに、こんなにもたくさんの方にお気遣《きづか》いをいただいて……。お兄様」

「なんだ？」

「できるならお礼のお手紙を差し上げたいのですが、わたくしがお手紙を送ることは、難しいでしょうか？」

エリアーナもやはり、検閲《けんえつ》を受けることを心配しているのだろう。

ルーシャスはクレイオスを見つめる。

「そんな目で見ずとも、いくらでも使えばいい」

クレイオスはルーシャスが口を開くより前に、何でもないことのようにそう言った。

「いいんですか？」

「くどい。だが、送り先は一カ所しかない。その後別の場所にとなれば、アルベルン卿《きょう》の力を借りるほかないぞ」

「それは、もちろん分かっています。ありがとうございます！」

思わず弾《はず》んだ声を上げたルーシャスに、クレイオスはわずかに口角を上げる。

「エリアーナに魔道具《まどうぐ》の説明をしても構いませんか？」

「構わない。だが、すでに知っているのではないか？」

ルーシャスは、不思議そうにやりとりを見つめているエリアーナに視線を向けた。

「手紙専用の物質転送魔道具のことだが……知っているのか？」

「手紙専用の……あ」

エリアーナはほんの少し考え込んだあと、窺《うかが》うようにシレイアを見る。シレイアは微笑んで頷《うなず》いた。

「エリアーナには、見せたことがありましたわね」

「やっぱりそうですのね。もしかして、それがお父様の下《もと》にあるのですか？」

エリアーナはすぐに気がついたようで、軽く首をかしげるようにルーシャスに問いかける。

「ああ。王女殿下の下にあったものを、クレイオス様が貸してくださったんだ」

「そうでしたの……。貴重なものをありがとうございます」

「気にしなくていい。だが、他言は無用だ」

「かしこまりました」

エリアーナはそう言って深く頷く。

「対《つい》となっているほうは、クレイオス様の研究室にある。私の職場でもあるから、手紙が書けたら私に預けてくれれば送るよ」

「わかりました」

うれしそうに言うエリアーナに、ルーシャスもまた微笑んでいた。


充実した一日だったなと思いつつ、ルーシャスは泡《あわ》を流し、湯船につかる。後宮の建物だったせいなのかは分からないが、浴室は広く、快適だ。

一日働いた体に、湯の温かさが染《し》みて、ふう、と深いため息が漏《も》れた。だが、風呂《ふろ》から出たら、すぐにでも物質転送魔法《まほう》の本が読みたい。

今日読んだ資料によると現在のクレイオスの興味は物質転送魔法らしいし、そちらの勉強も空き時間にしておきたいなと思ったのだ。

「魔法なんてずっと身近にあったものなのに、不思議だなぁ……」

記憶《きおく》が戻《もど》ることによって、当たり前だった魔法の可能性を今まで以上に感じている。

イメージの幅《はば》が広がったと言えばいいのだろうか。前世で科学が可能としたものをどうやれば魔法で置き換《か》えられるだろうと考えるのはわくわくする。そして、そんなのんきな自分に笑ってしまう。

けれど、悪いことではないように思えた。

最初に記憶が戻ったときは、状況《じょうきょう》が状況だったせいもあり、わくわくしている場合ではなかった。今も全てが片付いたわけでは到底《とうてい》ないが……。こんなふうに考えられるのは、ようやく少し落ち着いたせいもあるのだろうし、クレイオスの研究に刺激《しげき》を受けたというのも大きいだろう。

この世界の文明は、前世に比べると遅《おく》れている。だが……。

「前世でだって、物質転送なんて可能になってなかったもんな」

そう考えると、ますますクレイオスはすごい、という思いが湧《わ》いてくる。いずれ人を転移するようなことも可能になるのだろうか？　いや、さすがにそれは研究の許可が下りないだろうか……。

空間移動魔法。前世で読んだ、ファンタジーを題材とした作品ではよく見かけた気がしたが、この世界では物質転送魔法よりもさらに厳しく禁止されている魔法だ。

使えると知られた時点で捕《と》らえられ、魔法が使えないように封《ふう》じられるらしい。らしいというのは、実際にされたという話を聞いたことがないからだ。物質転送魔法以上に珍《めずら》しい魔法で、もちろん身近に使えたという人間などいないし、出会ったことがあるという話も聞いたことがない。

実際のところはどうなのだろう？　国家の暗部みたいなところに秘密裏《ひみつり》に雇用《こよう》されていたりして……。などと、それこそファンタジーなことをぼんやり考えつつ、風呂から上がり、着替《きが》えをして自室へと戻る。

風魔法で髪《かみ》を乾《かわ》かしつつソファに座ると、風呂に入るより前に用意していた水差しからグラスに水を注ぐ。そして、借りてきていた本を読み始めた。転移魔法の基礎《きそ》についての本を、もう一度さらっておこうと思ったのだ。仕事の一環《いっかん》であり、ある意味風呂敷《ふろしき》残業ということになるのだろうが、これはルーシャスの趣味《しゅみ》でもある。

「ああ、なるほど……ここを省略したのか」

本に書かれた魔法陣《まほうじん》の構成と、クレイオスの書いた論文にある魔法陣の構成を見比べつつ、あの大きさにするならば確かに必要だろうと頷く。

だが、やはり構成について読んでも、分からない部分は多い。当然だが、論文を読んだだけでは、同じ魔法陣を描《えが》くことはできない。

魔法陣はどんな魔法をどう構成するかだけでなく、どんな構文にしてどう並べ、どこに描くか、どんな大きさで描くかも重要だ。描き方次第《しだい》では、省略できる構文もあるし、小型化のためにはそれが必須《ひっす》だったりもする。

昨日分解した浮遊《ふゆう》魔法《まほう》の魔道具に描かれた魔法陣などは、本当に芸術と言っていい出来だった。

「あー……やっぱり実物が見たいな……」

ルーシャスが大きくため息を吐《つ》いたときだ。

「試作機でよければあるぞ」

そう声がして、ルーシャスは驚《おどろ》いて顔を上げた。声のした方を見れば、ドアからするりとクレイオスが入り込んでくる。

しかも、それは入り口のドアではなかった。あの、開かずのドアである。

「え、クレイオス様？　え？　なんで？」

ドアが開いていたことにも、そこからクレイオスが入ってきたことにも驚いて、頓狂《とんきょう》な声を上げてしまう。

クレイオスはそんなルーシャスがおかしかったのか、愉快《ゆかい》そうに笑った。

「ここにドアがあることは知っていただろう？」

言いながら向かいのソファに腰掛《こしか》ける。手にしていたグラスと酒瓶《さかびん》をテーブルに置いた。

「知っていましたけど……でも開かなかったので……」

「ああ、隣《となり》の部屋の側に鍵《かぎ》がついているんだ」

どうやらその点は、ルーシャスが考えていた通りだったようだ。

「そして、隣は俺がたまに寝泊《ねと》まりする寝室《しんしつ》だ」

「そうなんですか？」

驚いて訊《き》いたところによると、そちらは城の奥にある自室に帰るのが面倒《めんどう》なときに使用しているのだという。

「昨日もそちらで寝るつもりが、研究室でうっかり眠《ねむ》ってしまった。だがベッドで寝ろと言われたのでな」

「はぁ……」

確かに言った。だが、まさかそれが自分の部屋の隣で、しかも向こう側からは侵入《しんにゅう》し放題だとは思わなかったのである。

「さすがにプライバシーがなさ過ぎるのでは……」

いつでも上司が寝室に入ってこられるというのは、考えものではないだろうか。

しかも単なる上司ではない。一度は寝てしまった上司である。

今も、もう寝る前だからだろう、クレイオスは寝衣《しんい》と思わしきシャツとズボンだけのラフな格好になっていて、正直目の毒だ。

とはいえ、そんなことを考えていると悟《さと》られるわけにはいかない。クレイオスにとってあの行為《こうい》にどれほどの意味があったかは分からないけれど、おそらくはほんのちょっとした戯《たわむ》れ程度のものだったのだろうし……。

「手元に置くと言っただろう」

「手元にもほどがあります」

そう言い返したが、クレイオスは気にした様子もない。

話しながら当然のようにグラスに注がれていく酒を見て、ルーシャスはため息を吐く。

ちなみにグラスは二つあった。

「飲み足りないだろうと思ってな」

微笑《ほほえ》まれ、ルーシャスは諦《あきら》めて仕方なく、テーブルに広げてあった資料を空いているソファの座面へと移動する。

「それを読んでいて、実物が見たくなったのか」

本のタイトルが見えたのだろう。そう言ったクレイオスに、ルーシャスは先ほどのクレイオスの言葉を思い出した。

「あ、そうでした。試作機があるんですか？」

クレイオスが入ってきたことに驚いて話が逸《そ》れてしまったが、確かそう言っていたはずだ。

「ああ、と言っても万が一のことを考えてすでに解体済みなんだが……魔法陣自体は消したわけではないから見られるはずだ」

見たいか？　と問われて、ルーシャスは大きく頷《うなず》く。

「ぜひ！」

しかも、試作機ということは、小型化する前のものということだ。省略されていない分、ルーシャスにも多少は分かりやすいはずである。

「明日にでも見せてやろう」

「ありがとうございます！」

満面の笑《え》みで礼を言い、ルーシャスは目の前に寄せられたグラスを手に取る。

「今後はさらなる小型化を目指しているんですか？　それとも、距離《きょり》を伸《の》ばす方向ですか？」

「お前ならどうする？」

「そうですね……送り先が複数選べるようになれば便利だなとは思いますが」

メールのようなものと考えれば当然の機能だ。

「もしくは、履歴《りれき》をもっと詳細《しょうさい》に残せるようにするか……」

「履歴を？」

「ええ。履歴が残せたことで、陛下から許可が下りたというお話だったでしょう？　誰《だれ》がどの転送装置宛に送ったというようなことが残せれば、もっと広く……民間で使えるようになる可能性もあるのかと思ったんです。そうすれば郵便――いいえ、手紙専門の配達を行う事業を国家主体で行うことも可能になるかなと」

現在は手紙も小包も関係なく、人の移動がある際に、荷物などと一緒《いっしょ》に運ばれていく。とりまとめているのはシュトルムでは教会だったが、バルトロアは商業ギルドだったはずだ。専用の配達人などはおらず、あくまでもついでなので届くまでにはそこそこ時間がかかる。

貴族などは、従者が直接運んでいくことが多いが、庶民《しょみん》の場合はいつ届くか定《さだ》かではない。紛失《ふんしつ》され、届かないこともある。

だが、あの魔道具《まどうぐ》ならばかなりの時間が短縮できるだろう。

「手紙専用といっても、転移魔法の魔道具となれば国が管理しないわけにはいかないでしょうし……」

ルーシャスの言葉をクレイオスは興味深そうに聞いてくれる。それがうれしくて、少し照れくさくもある。

「実は、似たような話は上がっている」

「あ、そうなんですね」

やはり自分が考える程度のことは、クレイオスも考えていたのだろう。

「だが、それは騎士《きし》団の拠点《きょてん》に置くというものだった。民間の手紙をという話は考えていなかったな」

「ああ、なるほど……」

確かに、騎士団にとって情報の速さは重要だろう。

「私はやはり、今回のことがありますから……」

家族とすぐに手紙がやりとりできるというのは、非常にありがたいことだ。この世界では、情報を手に入れるのも、前世よりずっと時間がかかる。

クレイオスが転送装置を貸してくれなければ、エリアーナの憂《うれ》いがこれほど早く晴れることもなかっただろう。

「改めて、お礼を言わせてください。本当にありがとうございます」

「なんだ、かしこまって」

少し驚いたように言うクレイオスを、ルーシャスはまっすぐに見つめる。

「妹のことも、私の仕事のことも、両親との連絡《れんらく》のことも、全部本当にありがたいと思っているんです」

「……俺は自分のしたいようにしただけだ」

クレイオスは珍《めずら》しく視線を泳がせて、苦笑《くしよう》を浮《う》かべた。

その言葉は本心なのだろうけれど、そうだとするとやはり疑問が浮かぶ。

したいようにしたのだというなら、どうして自分とエリアーナを助けたいと思ってくれたのだろう。卒業式の場では、研究者としてのルーシャスの価値を求めたように言ったけれど、それが嘘《うそ》だろうということは分かっている。

なぜなら、この国に来て以降のルーシャスの研究は、すべてサランドの名で発表されているからだ。

シレイアに頼《たの》まれたから、というだけのことなのか。

思い出すのは、あのメリダでの夜。クレイオスに『手元に置くことにしたのは正解だった』と言われたこと。

それがしたかったことなのだというなら、一体何が……。

「服を贈《おく》った礼ならいくらでも聞こう」

けれど、疑問を口にする前にそう言われて、今度はルーシャスが苦笑する。

どうやらこの調子では、訊いても答えてくれなそうだ。

「それはまぁ……感謝していますが、今後は結構ですから」

さすがに失礼だろうかと思ったが、クレイオスは怒《おこ》ることもなく、ただ笑ってグラスに口をつけている。

その後もしばらく魔道具の話を中心に楽しく会話をするうちに、ゆっくりと夜は更《ふ》けていったのだった……。

古い本の香《かお》りの中を、ルーシャスはゆっくりと歩いて行く。目線は大量の書架《しょか》に並んだ本の背表紙をなぞっていた。

ここは、城の中にある図書館だ。

クレイオスに言われて、資料となる本を探しに来たのである。

研究所にも本はあるけれど、当然ながら城の図書館には敵《かな》わない。城には二カ所図書館があり、今ルーシャスがいるのは奥向きにある、王族と国の運営に関《かか》わるような者、そして特別な許可を得た者以外が使うことのできないほうの図書館だ。城で働く者全《すべ》てが使えるもう一つの図書館の何倍も、蔵書が充実《じゅうじつ》している。こうして資料を探しに図書館に足を運ぶのも、初めてではなかった。

――ルーシャスがクレイオスの助手となってから、もう半月が経過している。

城での生活にもすっかり慣れ、仕事も少しずつ勝手が分かってきた。クレイオスの助手として雇《やと》われているルーシャスだが、空き時間にはルーシャス自身の研究も進めるように言われている。

ずっと興味のあった浮遊魔法《ふゆうまほう》について研究したいと言ったルーシャスに、クレイオスは惜《お》しげもなくこれまでの資料を閲覧《えつらん》させてくれた。クレイオス自身は、浮遊魔法からは手を引いて久しい。浮遊魔法についての研究の中で得た新しい魔法陣《まほうじん》形成の理論が、空間系の魔法にも適用できると気づいて以来、そちらに傾倒《けいとう》しているようだ。

ここに来てすぐに解体させてもらった浮遊魔法用魔道具についての論文をクレイオスが発表して以来、浮遊魔法についての研究は盛んに行われていたが、あまり進んでいないのが現状だ。その研究をクレイオスの下《もと》で行えるというのは、これ以上もない僥倖《ぎょうこう》だった。

だが、とりあえずは助手としての業務をこなすことである。

ルーシャスは頼まれた本の、最後の一冊を見つけ、そっと手を伸ばす。

「――――知っているか、大公閣下の……」

小さな囁《ささや》き声がして、背表紙に手をかけていたルーシャスは、ぴくりと体を震《ふる》わせた。いつの間にか近くに人がいたらしい。

大公閣下と言えば、当然クレイオスのことだろう。

だが、声は自分にかけられたわけではないとすぐに気づいた。

「なんの話だ？」

別の声が問い返す。姿は見えない。書架を挟《はさ》んだどこかにいるのだろう。

最後の一冊を棚《たな》から引き抜《ぬ》きつつ、そっと耳をそばだてる。盗《ぬす》み聞きなど品がないと思ったけれど、クレイオスの話題だと思うと気になって途切《とぎ》れ途切れ聞こえてくる声を拾ってしまう。

「近く婚約《こんやく》の儀《ぎ》が……ではないかと……」

「……あの閣下がか？」

驚《おどろ》いたような声に、ルーシャスも目を瞠《みは》る。

クレイオスが婚約？

まったく聞き覚えのない話だ。もちろん、自分に言う義理があるとは思わないが、本当ならば多少は話題に上がりそうなものだ。

あの晩以来、二人で酒を飲むことも、珍しいことではなくなっている。話の内容は、ほとんどが研究の話だが、プライベートな話題が出ないわけではないのだ。

「お相手は……」

「先日隣国《りんごく》から来た……王女殿下《でんか》の……少女だという話だ」

――は？

その言葉に、ルーシャスは思わず声を零《こぼ》しそうになって慌《あわ》てた。

聞こえない部分もあったが、シレイア絡《がら》みで隣国から来たと言えば、エリアーナしか考えられない。

クレイオスとエリアーナが？

さすがに誤解だろう。あの二人にそんな様子がないことぐらいは分かる。しかし、周囲はそうは思わないのだろうか。

エリアーナがシュトルムを追放されたこと、王子の元婚約者だったことなども調べればすぐに分かることだ。

普通《ふつう》であれば、クレイオスが身元を引き受ける理由などない。それが恋情《れんじょう》ゆえとみるのはおかしな話でもないのかも知れないが……。

「兄だという男が……」

その辺りからくる誤解だろうと思ってその場をそっと離《はな》れようとしたルーシャスは、続いて聞こえた『兄』という単語に足を止めてしまう。

「助手を……妹の機嫌《きげん》を取るためだと……」

「確かにそうでなければ……」

だが、続いた声に唇《くちびる》を噛《か》み、今度こそその場を離れて、図書館を出た。

人通りの少ない廊下《ろうか》に、足音が響《ひび》く。ちょうど午後三時を告げる鐘《かね》が鳴って、噴水《ふんすい》から水が噴《ふ》き上がる。

思わず足を止めて、ルーシャスはそれを見つめた。

暖かい日差しが、美しく整えられた中庭を照らしている。先ほどの薄暗《うすぐら》い図書館での出来事が、幻《まぼろし》だったかのように感じるほどの鮮《あざ》やかな情景。

だが、耳の奥に残った言葉は消せない。

――仕方のないことだ。

ルーシャスはため息を吐《つ》く。そして、ゆっくりと歩き出した。

エリアーナに恋《こい》をしたクレイオスが、エリアーナの機嫌を取るために、兄であるルーシャスを重用《ちょうよう》している。

根も葉もない噂《うわさ》だが、そう思われたとしても無理はない。

ルーシャス自身、過ぎた話だと思うのだ。自分には何の実績もない上に、出身はシュトルムで、未《いま》だ王室とは話がついていない状況《じょうきょう》から、身分もないようなもので……。

そんな男が、大公であり、魔《ま》法《ほう》研究の第一人者である男の助手だなんて、簡単に認められることではないのだろう。

そんなことを思いつつ研究所に帰り着くと、室内にクレイオスの姿はなかった。

「おかえりなさい」

そう声をかけてくれたのはロロだ。

「来ていたんですね。ただいま戻《もど》りました。あの、クレイオス様は？」

本を机に置きながら尋《たず》ねる。

「陛下から急な呼び出しがありまして……。戻るまでは自由にしていろと仰《おお》せでした」

その言葉に頷《うなず》いて、ルーシャスは自分の机へと向かう。

そういうことならば、やりかけだった魔法陣の作成を進めてしまおう。そう思ったのだが……。

「あの、ロロさん」

ふと気になって、ルーシャスは口を開いた。

「なんでしょう？」

「――私より前に、クレイオス様の研究所で働いていた人はいないんでしょうか」

いるとしたら、一体それはどんな人物だったのだろう。

ルーシャスの問いに、ロロは苦笑《くしょう》する。

「おりません」

「え？　一人もですか？」

驚いて目を瞠ったルーシャスに、ロロはあっさりと頷いた。

「実を言えば、無給でもいいから働きたいとか、弟子《でし》にしてくれとか言う方はいくらでもいました。実際来ていただければ、私も助かるので歓迎《かんげい》したかったのですが……クレイオス様が了承《りょうしょう》しなかったため、ずっと実現いたしませんでした」

「一人も、ですか？」

「ええ。ですからルーシャスさんが来てくれて、私は大いに助かっておりますし、うれしいのです。ルーシャスさんが来て以来、クレイオス様のご機嫌もいいですし、食事や睡眠《すいみん》もきちんと摂《と》られるようになりましたから」

「そ、そうですか……」

微笑《ほほえ》むロロの表情に嘘《うそ》は見られない。本当に助手として役に立っているのかは疑問だが、少なくともロロからは心から歓迎されているのだと思うとうれしくはある。

それにしても、無給だとか、弟子だとか……。

まぁ、クレイオスの偉業《いぎょう》からすれば、その気持ちも分かる。

だが、同時にどうしてそれなら自分をそばに置くなんて言い出したのだろう？　とも思ってしまう。

随分《ずいぶん》と面白《おもしろ》がられているとは感じるし、悪感情を抱《いだ》かれていないのも分かる。けれど、それだけで？

ルーシャス自身が思うくらいなのだから、周囲の誤解も仕方ないことだろう。

結局思考がそこに戻ってしまい、ルーシャスはそっとため息を吐いた。

「どうかしましたか？」

「えっ」

顔を上げると、心配そうなロロの視線とかち合った。

「クレイオス様が何か無茶なことを？」

「い、いえ、何でもないんです。クレイオス様にはよくしていただいていますし……」

ルーシャスは慌てて頭《かぶり》を振《ふ》る。

「そうだぞ。おかしな冤罪《えんざい》を着せるのはやめろ」

突然響《とつぜんひび》いた声に、ルーシャスは驚いて体を跳《は》ねさせた。慌てて視線を上げる。

ノックもなく室内に入ってきたのは、当然ながらクレイオスだった。手には筒状《つつじょう》に丸められた書状をもっている。

「おかえりなさいませ」

「ああ」

クレイオスは頷いて、さっさと椅子《いす》に座る。どうやら、国王からの用事はすぐに済んだらしい。

「それで？　俺がいないのをいいことに悪口か？　雇用主《こようぬし》とは孤独《こどく》なものだな」

「ち、違《ちが》います！」

口調からして冗談《じょうだん》だと分かっていたが、ルーシャスは即座《そくざ》に否定する。

実際、クレイオスには何の問題もないし、悪口など言うはずもない。よくしてもらっているという言葉に嘘はなかった。

「だったら、何の話をしていたんだ？」

特に何の弁解をするでもなく一礼してロロが部屋を出て行くのに気づいたが、あとに続くわけにはいかない。どう答えたものかと、ルーシャスは目を泳がせた。

「その……前にここで働いていた人がいるのか気になって訊《き》いていただけです」

「気にするようなことか？」

　クレイオスは少しだけ不思議そうな顔をした。

「答えは聞いたんだな？」

「はい。今まではいなかったと」

　ルーシャスの言葉に、クレイオスは頷く。

「必要ないと思っていたからな。だが、今は考えを改めている」

「……ありがとうございます」

　その言葉は、間違《まちが》いなくルーシャスの存在を肯定《こうてい》してくれていた。喜ぶべきだと思う。だが、微笑んで見せたルーシャスに、クレイオスはどこか納得《なっとく》のいかないというような視線を向けてくる。

「何かあったのか？」

「――――いいえ、なんでもありません」

　先ほどのロロと似たような問いに、頭を振る。

　何かがあったか、と問われれば先ほどの噂話《うわさばなし》が思い浮《う》かぶ。だが、原因はあの噂話ではなく自分自身にあるのだとルーシャスには分かっていた。

　問題は、ルーシャスになんの実績もないことだ。だからあのような噂が生まれてしまう。

　せめてサランドの下《もと》にいたときの研究における功績が、正当に評価されていればと思うけれど、今更《いまさら》どうしようもないことだ。

そして、それを気にしているのもルーシャスだけなのではないだろうか。事実、クレイオスに何か言われたことは一度もないし、あの程度の風聞に何かを思うような人ではない。短い付き合いでもそれくらいは理解しているつもりだ。

だから……。

「……少し、自分が情けなくなっただけです」

眉《まゆ》を下げて苦笑するルーシャスに、クレイオスは軽く眉を上げる。

それから何かを考えるように沈黙《ちんもく》し、ルーシャスを見つめた。

「誰《だれ》から何を聞いたかは知らないが、俺はお前を不足だとは感じていない。それは分かるか？」

「……はい」

それは先ほど考えたことだったので、ルーシャスは素直《すなお》に頷く。

ひょっとすると、クレイオスは自分が耳にした噂を知っていたのだろうか。

自分が前任者を気にしたことと、自らを情けないと評したこと。それに合わせ、噂を知っていたからこそすぐに自分の憂《うれ》いに気づいたのかも知れない。

あくまで、推測だけれど……。

「それに、ここに来てまだ半月だろう。これからいくらでも時間はある」

クレイオスの言葉に、ルーシャスはハッとして顔を上げる。

「……そう、ですね」

確かに、クレイオスの言うとおりだ。それに、クレイオスが、気にしなくていいと言わなかったことが、ルーシャスはうれしかった。

期待されているのだと……してくれているのだと思ったら、胸の奥がじんわりと温かくなる。

そこから、力が湧《わ》いてくるような気がした。

「頑張《がんば》ります」

「ああ、楽しみにしている」

そう言ってくれたクレイオスに、ルーシャスは今度こそ、心から笑って頷く。

その途端《とたん》――――。

「わっ」

ぐいと腕《うで》を引かれ、気づけばルーシャスはクレイオスの腕に抱《だ》きしめられていた。

「ちょっ、え、な、なんですか」

何が起きたのか分からず、ルーシャスは慌《あわ》てて腕を突《つ》っ張ってクレイオスから逃《のが》れる。

クレイオスは、珍《めずら》しくぽかんとした表情をしていた。

「……クレイオス様？」

不思議に思って首をかしげると、我に返ったように目を見開く。

「い、いや、なんでもない。……俺は実験室に行く」

「は、はい。わかりました」

ルーシャスが頷《うなず》くと、クレイオスは言葉通り実験室へと入っていった。だが、すぐにもう一度ドアが開く。

「聞き忘れていた。お前、城の外に行く予定はあるか？」

「え？　いいえ、特に今のところは……」

「そうか。もし出るときは俺かロロに言え」

「……はい」

何かついでに行って欲しい場所でもあるのだろうか？　いや、そんなものがあればいくらでも命令してくれていいのだが……。

不思議に思いつつも、再びドアが閉まったことにほっとする。

――結局、さっきのはなんだったのだろう。

そう思いながらも、よろよろと自分の椅子に座った。

たった一夜の過《あやま》ち。

あの夜以来、クレイオスが自分に触《ふ》れたことはないし、夜の飲み会だって意見を交《か》わすことがただ楽しくて、怪《あや》しい雰囲気《ふんいき》になることはなかった。むしろ、親しい友人と朝まで飲んだ学生時代を思い出すような有様で……。

だから、抱きしめられて、心臓がどきどきと早鐘《はやがね》を打ったのは突然《とつぜん》のことに驚《おどろ》いたせい。そうに違いないと、ルーシャスは自分に言い聞かせた。

「体調が悪いのか？」

クレイオスの言葉に、ルーシャスはぱちりと瞬《しばた》く。それから、緩《ゆる》く頭《かぶり》を振った。

「いいえ、そんなことはありませんが……」

クレイオスと二人、食堂で昼食を摂《と》っていたときのことだ。

「それならいいが……顔色が悪いぞ」

じっと見つめられて、なんとなく頬《ほお》の辺りを擦《こす》ってみる。正直自覚はないが……。

「あまり寝《ね》られていないんじゃないか？」

「……それは、まぁ……研究が楽しくて」

図書館で噂話を聞いてしまったあの日から一週間。早くなんらかの成果を出したいと、ついつい遅《おそ》くまで資料を当たったり、実験方法や新しいアプローチについて考えたりと、根を詰《つ》めてしまっているのは自分でも分かっていた。

顔色が悪いというのも、寝不足のせいかもしれない。

「でも、クレイオス様だって似たようなものじゃないですか？　最近忙《いそが》しそうですし……」

ルーシャスが自分の研究に打ち込めている理由のひとつは、クレイオスが研究室を離《はな》れているということだ。どうやら、政治むきの仕事が忙しいらしく、夕食前から城内へと戻《もど》っていることが多く、当然夜の自室への訪問も音沙汰《おとさた》がない。

そのおかげで、一週間前の謎《なぞ》の抱擁《ほうよう》はちょっとした事故みたいなものだったのだろうなと思えたのだけはよかったけれど……。あのあとすぐに自室で顔を合わせていたら、おかしな態度を取ってしまっていたかも知れない。

「俺のほうは……問題ない。それより、そんな顔では、エリアーナ嬢《じょう》に心配されるぞ。来るまで少し仮眠《かみん》を取ってきたらどうだ」

「え？　エリアーナが来るんですか？」

告げられた言葉に、ルーシャスは驚いて目を瞬かせる。

「ああ、打診《だしん》しておいた返事が来てな」

クレイオスは何でもないことのように言うが、打診したこと自体、ルーシャスはまったく聞いていなかった。それに、研究所に人が来ること自体が珍しい。

「エリアーナに何かあったんでしょうか……」

「いや、俺の要請《ようせい》に応《こた》えてくれただけだ」

「要請……って、まさか？」

思い当たることは一つしかない。それはもちろん、治癒魔法《ちゆまほう》の件だ。以前研究してみたいと言っていたし、実際ルーシャスも請《こ》われて何度か治癒魔法を使ったことはあった。

だがそれは、治癒魔法の研究というより、クレイオスの試作した、より詳《くわ》しい魔力の鑑定《かんてい》や、魔法の構成について調べることができる道具の実験をするためだったはずだ。

「本人が同意すれば構わないと言っていただろう？」

「それは……そうですけど」

「無理強《むりじ》いしたわけじゃないからな？」

クレイオスの言葉に、ルーシャスは曖昧《あいまい》に頷く。クレイオスが権力や立場などを使ってエリアーナに強要したとは思っていない。

エリアーナのほうが恩を感じて了承《りょうしょう》した可能性は大いにあるが……。

「危険はないんですよね？」

「ない」

端的《たんてき》な答えに、とりあえずは安堵《あんど》する。

実際、他《ほか》の魔法を魔道具に落とし込むに当たって、その魔法を使える人間に実験協力を依頼《いらい》したことや、実験の過程などについても論文には書かれていたし、そこに人権を無視したようなものは一切《いっさい》なかった。

だから、問題はないのだろうけれど、それでもそれがエリアーナのような、生粋《きっすい》の貴族令《れい》嬢《じょう》にとって心理的な問題もないとは限らない。特に、シュトルムの女性は保守的だし、バルトロアとは多少価値観も違《ちが》う。

「私も見学させてもらって構いませんか？」

「もちろん。むしろお前にも協力してもらう予定だった。彼女もお前がそばにいたほうが安心できるだろう」

その言葉に分かりましたと頷く。

そうして、昼食を終えて研究室へと戻ると、父親から手紙が届いていた。

いつも通り目を通し、ルーシャスはわずかに眉《まゆ》を顰《ひそ》めた。

「何かあったか？」

その言葉に苦笑《くしょう》して、手紙をクレイオスに渡《わた》す。

シュトルムのほうでは未《いま》だ問題が解決していない。エリアーナの断罪や婚約破棄《こんやくはき》はやはりリカルドの独断だったらしく、国王陛下夫妻からは十分な謝罪があったという。

とはいえ、新しい婚約者として名乗りを上げているアリスが本物の聖女であったことから、リカルドの処分についての話し合いは平行線を辿《たど》っているようだ。

エリアーナを第二王子の婚約者にという話まで飛び出したとのことで、馬鹿《ばか》にするなと父親は怒《いか》り狂《くる》っていた。もちろん、ルーシャスとて同じ気持ちだ。

王はそれでエリアーナの名誉《めいよ》を回復させると宣《のたま》ったらしいが、冗談《じょうだん》ではなかった。

自分を裏切り、罪を着せたリカルドと、そのリカルドが選んだアリスのいる場所で、エリアーナが心安らかに暮らせるはずがない。

なんにせよ、妹にはなんの憂《うれ》いもなく暮らして欲しい、と言うのが家族の総意である。

「いよいよ侯爵《こうしやく》家が亡命する日も近いな」

「……なんでそんなにうれしそうなんですか」

読み終えた手紙を差し出しつつ上機嫌《じようきげん》で微笑《ほほえ》んでいるクレイオスに、ルーシャスはため息を吐《つ》いた。そして、手紙を受け取ると封筒《ふうとう》に戻す。

実際に、侯爵家が亡命する可能性は低い。王家が許すとは思えなかった。ここに至っても問題が解決していないというのも、落とし所を探《さぐ》っているためだろう。

もちろん、それでも折り合いがつかなかった場合、亡命の可能性はゼロではないのかも知れないが……。

「憂いがなくなれば、お前ももっと研究に没頭《ぼつとう》できるだろう？　それに、お前の家族にはできるだけ恩を売っておきたい」

「恩て……」

正直、今でも十分に買わせてもらっている。今更《いまさら》さらに売りつけられずとも、これまでの恩を忘れるつもりはない。

クレイオスにどうしてもと請われれば、自分は大抵《たいてい》それに従うだろう。

「どうしてです？」

「……お前は存外鈍《にぶ》いな」

首をかしげたルーシャスに、クレイオスは呆《あき》れたように言う。今までの言葉にヒントがあっただろうかと、ルーシャスは考え込みそうになった。

だが、それより早くクレイオスが口を開く。

「俺は、自分のものは大切にする主義だ」

「――もの扱《あつか》いしないでくださいよ」

ついそう返したものの、大切にすると言われたこと自体は悪くない気分だった。

いや、自分のものと言われたことも、本当は……。

頰が熱くなった気がして、ルーシャスはごまかすように踵《きびす》を返し自分の机へ向かう。

「とりあえず、エリアーナ嬢が来るまでにはまだ時間がある。少しソファで横になっていろ」

「そんな、大丈夫《だいじょうぶ》ですよ」

ルーシャスはそう言ったけれど、クレイオスは譲《ゆず》る気はないようだ。なんだかいつもと逆のようで、苦笑が零《こぼ》れる。

結局、手紙を引き出しにしまうと、諦《あきら》めてソファに横になった。こんなことをしている場合ではないと思うけれど、確かにいつもより体が重いような気がする。

やはり疲《つか》れていたのだろう。目を閉じると、眠《ねむ》りに落ちるまではすぐだった。

だが、覚醒《かくせい》までもそう時間はかからなかったようだ。

目を覚ますと、頭は多少すっきりしていた。起き上がったルーシャスを、クレイオスがどこか不満げに見つめる。

「もう起きたのか？」

「少しですが、すっきりしました。深い眠りだったみたいです」

言いながらソファから立ち上がる。

「……確かに顔色は多少ましになったな」

クレイオスはそう言うと、諦めたようにため息を吐いた。

「実験の準備をしておいてくれ。使う物は分かっているな？」

「はい」

返事をして、ルーシャスは実験室の扉《とびら》の鍵《かぎ》を開け、中へと入る。

広い部屋には複数のテーブルがあり、そのいくつかには実験器具が組み立て途中《とちゅう》で置かれている。ルーシャスは器具のしまわれている棚《たな》から、魔力鑑定《まりょくかんてい》に使用する器具を取り出し、何も置かれていないテーブルに置いた。

エリアーナ用に椅子《いす》を設置し、血液を採取するための針を消毒していると、エリアーナを連れたクレイオスとロロが入室してくる。おそらくロロがエリアーナを迎《むか》えに行ってくれたのだろう。

エリアーナは笑《え》みを浮《う》かべてはいたが、やはり多少緊張《きんちょう》していたらしい。ルーシャスの顔を見て、ほっとしたように柔《やわ》らかい表情になる。

「こちらへどうぞ」

ロロに勧《すす》められるままに、エリアーナが椅子に腰掛《こしか》けた。

「まず器具の説明をする」

向かいの椅子に座ったクレイオスは、そう言うと置かれた器具がどういったもので、検査にはどんな種類があり、どの手順で行われるか、それにより何が分かるかなどを説明する。

エリアーナは時折頷《うなず》きながら、クレイオスの言葉を真剣《しんけん》に聞いていた。

「先日、同じ実験をルーシャスに行ったところ、ルーシャスの治《ち》癒《ゆ》魔法が普通《ふつう》の治癒魔法と違うらしいことが分かった」

「えっ？」

声を上げたのは、ルーシャスである。

「聞いていませんが」

「言っていなかったからな」

もともと、クレイオスの下《もと》には、城に勤めている治癒魔法使いの実験結果があった。ルーシャスは彼とは違う結果を出したのだという。

「とはいえ、お前を調べた時点では、それがお前に固有のものかも分からなかったし、器具の不具合の可能性もあった」

だが、国内に二人いる治癒魔法使いを調べた結果、城勤めの治癒魔法使いと、その二人の結果は一致《いっち》したのだという。

「そこで、お前の治癒魔法が、アルベルン一族に固有のものかを調べるために、エリアーナ嬢《じょう》に来てもらったというわけだ」

「そういうことでしたか」

たしかに、これで自分とエリアーナの魔法が同じものなら、アルベルンの治癒魔法が固有のものである可能性は非常に高くなる。

もちろん、それでも絶対ということはないが……。

「説明は以上だが、質問はあるか？」

「いいえ。ございません」

クレイオスの問いに、エリアーナが静かに首を振《ふ》る。

「では、実験に協力してもらって構わないな？」

「ええ、もちろんです」

エリアーナはそう言ったが、ルーシャスはどうしても心配だった。

「クレイオス様、少しだけエリアーナと話をさせてもらっていいですか？」

ルーシャスの言葉に、クレイオスは怒《おこ》ることもなく頷く。

「エリアーナ、無理はしなくていいんだぞ？　指先とはいえ、針を刺《さ》すなんて……」

必要な血液はほんの一滴《いってき》にも満たない量だが、痛みがないわけではない。

「大丈夫ですわ、お兄様。針で指をついてしまうことなんて、よくあることですもの」

それが淑女《しゅくじょ》のたしなみである、刺繍《ししゅう》によるものであることはすぐに分かった。

「お前、刺繍は得意だろう?」

「そう思ってくださっているのはうれしいですが、そうなるまでにたくさん練習したということですもの」

それだけ、針で指をついた回数も多いと言いたいのだろうか。だから大丈夫ですというエリアーナに気負いや無理は感じられない。

「それに、オズワルト閣下がお望みなのですもの。ぜひ協力させていただきたいのです」

「クレイオス様の望みだからって……」

いつになくきらきらと目を輝《かがや》かせている様子に、ふっと不安になる。

「まさか、クレイオス様が好きとか言うんじゃ——あっ、いや、なんでもない」

思わずこぼれた言葉に慌《あわ》てるルーシャスに、エリアーナはぱちりと瞬《しばたた》き、それから我慢《がまん》できないというように笑い出した。

「エリアーナ?」

「っ……もう、いやですわ、お兄様。オズワルト閣下は確かに素敵《すてき》な方ですが、そんな気持ちはございません」

「本当か?」

「ええ。オズワルト閣下はシレイア様の叔父様《おじ》ですし、お兄様の大事な人なのだから、協力したいと考えるのは当然のことです」

――待て、今何かおかしなことを言わなかったか？

クレイオスが自分の大事な人？

ルーシャスは驚《おどろ》いてエリアーナを見つめる。それからハッとしてクレイオスを見ると、非常に楽しそうな顔をしていた。

「……何か誤解があるようだ。たしかに、クレイオス様は、尊敬すべき上司だが……」

「ごまかさなくてもよろしいのに」

「いや、ごまかしとかではなく」

「お兄様、わたくしはもう幼い子どもではありません。シレイア様からも、お二人の関係については聞いていますから」

「……王女殿下《でんか》が何を言ったって？」

一体どういうことなのかと思う。シレイアが、自分とクレイオスの関係をどう捉《とら》えているのか。『大事な人』という言葉には含《ふく》みが多すぎる。

「とにかく、実験には協力いたしますし、わたくしはお兄様の味方ですから、ご安心ください」

そう言ってにっこりと微笑《ほほえ》むと、エリアーナはクレイオスへと視線を向ける。

「では、オズワルト閣下」

「クレイオスで構わん」

「では、クレイオス様。実験を始めてくださって大丈夫です」

エリアーナの言葉に、クレイオスは満足気に頷いたのだった。


なぜ、エリアーナはあんな誤解を……。

実験が終わり、エリアーナが出て行ったあとも、ルーシャスはエリアーナが口にした言葉に戸惑《とまど》っていた。

クレイオスが実験結果について考えたいと実験室にこもったままだったこともあって、余計に思考は沈《しず》んでいく。

クレイオスと体の関係を持ってしまったこと自体は事実である。だが、関係が継続《けいぞく》しているわけではないし、関係したことを知るのも自分とクレイオス、そしてロロの三人だけだと思っていた。

だが、エリアーナの言葉が真実なら、シレイアもまたルーシャスとクレイオスの関係を知っていたということになる。そして、そこからエリアーナも……。

なんとも言えない気分だった。これがもし、本当に自分とクレイオスが恋人《こいびと》だったならまた違《ちが》ったのだろうが、実際はたった一晩の関係であり、今は上司と部下でしかない。

仕事のあとも、一緒《いっしょ》に食事をし、部屋で酒を飲み、魔法理論について楽しく意見を交《か》わしているのだから、単なる上司と部下よりは踏《ふ》み込んでいるというか、ある種の友情を育《はぐく》んでいるような気もするが、少なくともエリアーナが思うような仲ではない。

尊敬しているし、憧《あこが》れの気持ちはある。かっこいいとも思う。一度は抱《だ》かれた相手だから、意識してドキリとすることもないわけではない。

だが……。

「違うのか？」

「『大事な人』は違うだろ……」

呟《つぶや》いて、盛大なため息を吐《つ》いたときだった。

「っ……」

驚いた拍子《ひょうし》に、椅子《いす》がガタンと音を立てる。

慌《あわ》てて振り返ると、実験室のドアからクレイオスが出て来るところだった。いつの間にか日が傾《かたむ》いており、室内はオレンジ色に染まっている。

「まさかルーシャスが俺のことを大事だと思ってくれていないとはなぁ」

やや不機嫌《ふきげん》そうと言うか、どこか拗《す》ねたような口調で言われて、ルーシャスは閉口した。どうやら聞かれていたらしい。

「そ、そうじゃないですけど……」

大事じゃないということではない。

「クレイオス様には感謝しているし、尊敬しています。でも、あの言い方ではまるでその、私とクレイオス様が……」

「お前と俺がなんだ？」

「……こ、恋人みたいな言い方でしたから」

単なる誤解だというのに、言葉にするのはなぜか恥《は》ずかしい。頬《ほお》がじわりと熱を持つのが分かる。

「恋人か……」

クレイオスはなぜか噛《か》みしめるように呟いて、うろうろと視線をさまよわせた。だが、やがて結論に達したように頷《うなず》く。

「それはいいな」

「――何がいいのか分からないんですが」

なんで達した結論がそれなのか、ルーシャスは本気で訳が分からなかった。からかわれているとしか思えない。

「言っときますけど、誤解されているのは私だけじゃないんですよ？　クレイオス様だって、シレイア王女殿下に同じように思われているんですからね」

「別に問題はないだろう」

せめてもの意趣返《いしゅがえ》しにと思って言ったが、クレイオスはまったく気にしていないようだ。

それどころか……。

「もっと早くそうしておけばよかった。俺は子どもを作ることが歓迎《かんげい》される身ではないし、お前を恋人にしたところで批判される心配はない」

問題がない理由を上げながら、一歩ずつルーシャスに近付いてくる。

子どもを作ることが歓迎される身ではない、というのは、クレイオスの身分によるものだろう。

バルトロアにおいて大公とは、王の弟が成人した際に与《あた》えられる一代限りの爵位《しゃくい》である。そして、王に男児が生まれるまでは、子どもを作ることが許されない身でもあると聞いたことがあった。

現在の国王には、二人の王子がいるため、本来ならばもう子をもうけてもいいはずなのだが
……歓迎されるかと言われれば、また別なのだろう。

だが、だからといってわざわざ男を選ぶ必要もないはずだ。しかも、ここに来てからずっとそんな雰囲気《ふんいき》はなく、あの夜のことも単なる気まぐれだったのだと納得《なっとく》していたのに……。

上から覆《おお》い被《かぶ》さるように、クレイオスの手がルーシャスの座る椅子の肘掛《ひじか》けを握《にぎ》る。

「恋人になるのは嫌《いや》か？」

「恋人って……」

それは、こんなふうに突然《とつぜん》、『問題がないから』という理由でなるものだっただろうか。

だが、尊敬し、外見的にも好みで、一度は寝《ね》た相手だ。嫌かと聞かれれば……。

「嫌では、ないと思います。でも……分かりません」

自分の気持ちが、ルーシャスにはまるで分からなくなってしまった。前世と合わせても、ルーシャスには誰《だれ》かと付き合った経験がない。

何が不満なのかと思う気持ちもある。

クレイオスは本当に、自分と恋人になろうと思っているのだろうか。やはりからかわれているのではないだろうか……。

混乱しつつ、ルーシャスがクレイオスを見上げる。

「……！」

一瞬《いっしゅん》見えたどこか切なげな表情に、ルーシャスは驚《おどろ》いて目を瞠《みは》った。だが、すぐに表情など目に入らないほど顔が近くなり、唇《くちびる》にクレイオスの唇が重なる。

「分からないなら、分からせてやる。――安心して愛されろ」

唇が触《ふ》れる距離《きょり》で、そう囁《ささや》かれた。

「ん……っ…」

顎《あご》に手を添《そ》えられて、再び唇が重なる。触れるだけだった先ほどとは違い、口づけはすぐに深くなった。

ほぼ真上を向かされたまま、ルーシャスはどうにか逃《のが》れようと顎を持ち上げている手に触れたが、クレイオスの手は離《はな》れようとしない。

その間にも舌を絡《から》められ、混乱の中に少しずつ快感が混ざり始めた。やがてぐったりと力が抜《ぬ》けたルーシャスの体を、クレイオスが抱き上げる。

そのまま、以前クレイオスが眠《ねむ》っていたことのあるソファに下ろされた。

「も、ダメです……こんな……んっ」

キスを繰《く》り返しながら、クレイオスの指が一つずつボタンを外していく。この頃《ころ》では、人目がないのをいいことに、シャツ一枚で仕事をしていたのが裏目に出た。

シャツをはだけられ、指で直接肌《はだ》を探《さぐ》られる。少し冷たいと感じた指が、肌になじんで少しずつ温かくなっていく。

「あっ……あ」

不意に乳首《ちくび》を摘《つ》まれて、肩《かた》が震《ふる》えた。

弾《はず》みで解けた唇がクレイオスの唇と唾液《だえき》の糸で繋《つな》がっているのが見えて、羞恥《しゅうち》に頬が火照《ほて》る。

「ルーシャス……」

名前を呼ぶクレイオスの声は情欲にかすれ、ぞくりとするような色気があった。まるで、本当に自分を求めてくれているのではないかと思ってしまう。

「っ……は…ぁっ」

指が尖《とが》りをやわらかくこねる。ルーシャスは手の甲《こう》を口に当てて、声を堪《こら》えた。いつも仕事をしている場所でこんなふうに乱されることは、どこか背徳的で酷《ひど》く恥ずかしい。

「…んっ…んんっ」

「……気持ちがいいか？」

その問いかけに、思わずクレイオスを睨《にら》むけれど、クレイオスは怯《ひる》むでも謝るでもなく嬉《うれ》しそうに笑《え》んだ。

「や…っ…ぁ…っ」

クレイオスの唇が、指で尖らせた乳首へと触れる。

ちゅっと、音を立てて吸われると、自分でもおかしいと思うほど感じてしまう。

クレイオスの手が、ゆっくりと体の線をなぞり、それから少し性急に下着ごとズボンを脱《ぬ》がされる。

「あ…んん……っ」

ほんの少し芯《しん》を持ち始めていたものに直接触れられて、ルーシャスは手の甲に歯を立てた。

ゆっくりと何度か扱《しご》かれただけで、それはあっさりと立ち上がってしまう。

立てられた膝《ひざ》の奥へと、指が触れた。

「あ……っ……ん」

入りこんできた指に、膝が揺《ゆ》れる。痛みはないけれど、異物感に肌が粟立《あわだ》つ。けれど……。

「っ……ぁ……んっ」

中をぐるりとかき混ぜられて、腰《こし》の奥から少しずつ快感がにじみ始める。ルーシャスの体は、あの日クレイオスに与えられた快感を、はっきりと覚えていた。

指が増えるほど、もっと先を求めて腰が揺れそうになる。

重苦しいような、けれど圧倒《あっとう》的な快感に流されるのは時間の問題だった。

「……そろそろよさそうか」

指が抜かれていく。そのときにはすでに、ルーシャスのものは触れられないままとろとろと先走りをこぼし始めていた。

膝裏をぐっと持ち上げられて、最奥にクレイオスのものが触れる。もう、拒《こば》むことは考えられなかった。

「あ……っ……ん…んっ」

クレイオスのものが、少しずつ中に入り込んでくる。

けれど、ゆっくりだったのは最初だけだ。

「ひぁっ…ぁ…っん……っ」

いた。

太い部分が入り込んだあとは、一気に奥まで貫《つらぬ》かれて、ルーシャスは思わず高い声を放って

そして、クレイオスはそのまま休むことなく、中を攪拌《かくはん》するように動き始める。

「や……っ……あ……っんっ……ん、んっ」

クレイオスのものに中をかき混ぜられると、おかしくなるんじゃないかと思うほど気持ちがよくて、泣きたくもないのに目尻《めじり》から涙《なみだ》がこぼれる。

ルーシャスの涙が、苦痛によるものではないとクレイオスには分かっているのだろうか。腰の動きは止まるどころか逆に速くなった。

そして。

「く……クレイオス……様ぁ……っ」

いよいよ堪えられないというときになって、ルーシャスはクレイオスの首筋に手を伸《の》ばす。

クレイオスは、ルーシャスの体を引き寄せるようにして、ルーシャスの腕《うで》が首の後ろにしがみつくように絡むのを待った。

そうして、ルーシャスの唇にそっとキスを落とすと、ルーシャスの唇がクレイオスの首筋にぎゅっと押しつけられるのを待って、再び動き始める。

大きな動きができない代わりに奥のほうを突《つ》くようにして、終わりへと向かう。

「あ……っん、ん、んっ」

子犬が鳴いているみたいな声が、鼻から抜けるのを抑《おさ》えられずに、ルーシャスは汗《あせ》で滑《すべ》る手でぎゅっとクレイオスの肩を抱《だ》きしめる。

「ルーシャス…っ…」

切羽詰《せっぱつ》まったようなクレイオスの声。

その声にまで快感を覚えて、ルーシャスは絶頂へと達した。反射的に強く締《し》め付けた中で、クレイオスが射精したのが分かって、体が震える。

ずるりと、クレイオスの肩を抱きしめていた腕が力を失って滑り落ちる。

「ルーシャス……」

名前を呼ぶ声はやさしく、まるで本当に愛されているみたいだ、と思いながら、ルーシャスの意識は遠ざかっていった……。

「あー……」

翌日は休日だった。昼前に目覚めたルーシャスは、ベッドから起き上がり、嘆《なげ》くようにため息を零《こぼ》す。

昨日のことは、もちろんはっきりと覚えていた。だが、あのまま眠り続けていたらしいことには正直驚く。ここ数日の、睡眠《すいみん》不足が祟《たた》ったのだろう。

それにしても、クレイオスは一体どういうつもりなのか……。

「なんで今更《いまさら》あんなこと……」

酒に酔《よ》っていたわけでもなく、劣情《れつじょう》を煽《あお》る何かがあったわけでもない。

恋人《こいびと》とかなんとか言っていたけれど、さすがに本気なわけがないよなと思う。信じられるはずがなかった。

恋人になるのは嫌《いや》かと問われて、嫌ではないと言った言葉に嘘《うそ》はない。だが、分からないというのもまた本音だった。それまでの関係に満足していただけに、どうしてと思ってしまう。

クレイオスに抱《だ》かれることが嫌だとは思わない。顔も好みだし、尊敬する相手でもある。他《ほか》を知らないのではっきりとは分からないが、体の相性《あいしょう》も悪くはないと思う。

けれど……そばにいる理由が、上司と部下というだけではいけなかったのだろうか。

そう思ってふと、自分がクレイオスの下《もと》にいるのはエリアーナのご機嫌取《きげんと》りのためという噂《うわさ》のことを思い出した。

それが嘘なのは、ルーシャスもよく分かっている。だが、ならばなぜクレイオスが自分をそばに置くことにしたのかという理由は、よく分からなかった。

クレイオスに嫌《きら》われていない、もっといえば好意的に見られているのはさすがに感じている。助手を取ってよかったと思ってくれていることも、本人から聞いた。

だが、そもそものところは？　なぜそばに置くことにしたのかは、未《いま》だによく分からない。

初めは自分の突飛《とっぴ》な行動を観察しているというか、楽しんでいるというふうでしかなかった。

エリアーナに起こった理不尽《りふじん》と、前世の記憶《きおく》。混乱し、自国の第一王子を罵倒《ばとう》した。普通《ふつう》ならばするはずのないことをした、という自覚はルーシャスにもある。

しかし、エリアーナを助けることに関しては、やはりシレイアがクレイオスに助勢を頼《たの》んでいたのではないかと思う。現在の、エリアーナに対するシレイアの態度からして、彼女は相当エリアーナに心を砕《くだ》いてくれていただろう。だとすれば、あの事態に対してまったく手を打っていなかったとは思えない。

あのとき、クレイオスは、ルーシャスがクレイオスの下に行くことを承知するなら、エリアーナも保護すると言ったが、あくまで言葉の上のことだ。状況《じょうきょう》からしてむしろ、ルーシャスのほうがおまけだっただろう。

おまけであっても助けてくれたのは、クレイオスの言からすると、ルーシャスの態度が以前挨拶《あいさつ》をしたときとは一線を画しており、それに興味を引かれたからということになる。それに関しては、まぁ嘘というわけではないのだろうけれど……。最初に抱かれたときだって、その興味の延長だと感じた。

……それは今もそのままなのだろうか。

恋人、などと言い出した昨日のクレイオスのことを思い出す。どうして、あんなことを言ったのだろう。

エリアーナの言葉がきっかけではあったけれど、正直それまでの関係にクレイオスが不満を持っていると感じたことはなかった。

だが……。

――――俺は子どもを作ることが歓迎《かんげい》される身ではないし、お前を恋人にしたところで批判される心配はない。

クレイオスの言葉を思い出し、王弟というクレイオスの立場について思う。

クレイオスは天才だと言われているし、身分も高く、顔もいい。望めば恋人などいくらでもできるだろうし、結婚《けっこん》だってできないはずがない。

だが、子どもを作ることが歓迎されないというのも、おそらくは事実なのだ。

クレイオスに子どもができれば継承権《けいしょう》を持つことになるし、それが王家にとって憂《うれ》いの種になる場合もないとは言い切れない。

王女であるシレイアとの仲の良さを思えば、国王と仲が悪いとも思えないが……。

――本当に、そうだろうか？

そんな疑問が浮《う》かんだのは、以前の問いを思い出したせいだ。

バルトロアに向かう道の途中《とちゅう》。最初の晩に、クレイオスはどうして妹を信じられたのかと訊《き》いた。

他の家族が同じ目に遭《あ》っても、同じようにするのかとも……。

あれは、自分ならば信じられないと思ったからではないのか？

「…………」

思わずため息が零《こぼ》れた。

やはり、王家というのは、単純に家族という単位では測れないのだろうなと思う。貴族でさえそうなのだ。アルベルンがむしろ、特殊《とくしゅ》だと言える。

思えば、クレイオスはルーシャスの前に助手は置かなかったというし、ロロ以外の特定の人間が近くにいる姿も見ない。

思っていたよりも、クレイオスは孤独《こどく》な人間なのかもしれない。

もちろん、研究さえしていれば幸せというふうにも見えるし、それがそのまま真実で、こんなのはすべて自分の考えすぎなのかも知れないが。

自分がその孤独を埋《う》められるのならばそれは……悪いことではないのかも知れない。

クレイオスのことはもちろん嫌いではない。尊敬もしている。世話にもなっている。抱かれることだって嫌ではない。

けれど……なぜだろう。孤独を埋めるという理由で抱かれることは、なんだか虚《むな》しいような、そんな気がした。

気分が落ち込みそうになっているのを感じて、ルーシャスは振《ふ》り払《はら》うように頭《かぶり》を振る。

そして、ベッドから下りた。少しよろけたが、治癒魔法《ちゆまほう》を使うほどではない。

せっかくの休みなのだから、久しぶりに街にでも出て気分転換《てんかん》しよう。

このままここにいても、落ち込んでいくばかりだろう。

そう考えて、ルーシャスは早速支度《さっそくしたく》をしようとクロゼットへ近付いた。


「あ……」

城門を潜《くぐ》ろうとして、城を出る用事があるときはクレイオスかロロに言うように言われていたことを思い出した。

だが、言われたのはもう八日も前のことだ。何かついでにこなして欲しいことがあったとしてももう済んでいるのではないだろうか。それに、今日は休日で、出掛《でか》ける用事も仕事とは関係がない。

おそらく言う必要はないだろう。それに、正直昨日の今日で顔を合わせづらかった。

特に問題はないだろうと判断して、結局そのまま城を出た。今から研究所まで戻《もど》るのが面倒《めんどう》だったというのもある。それほどまでに遠いのだ。

ここに来てから城を出ようと思わなかったのはそれもあった。もちろん、それ以上に研究が楽しかったことや、読みたい本が図書館にいくらでもあったということのほうが大きいけれど……。

「……まぁいいか」

魔道具《まどうぐ》専門店や、図書館に行くのがルーシャスにとっての楽しみなのだが、研究所にある魔道具や、城の図書館にある本は、街にあるものよりもずっと高度だったり、充実《じゅうじつ》していたりする。そのため、街に出る必要性を感じなかったのである。

久々の街は、幸い晴天だったこともあってか、いつも通り活気づいていた。自分の中に、少し前まで当然にあった日常が戻ってきたような安堵感《あんどかん》が湧《わ》き上がるのを感じる。

クレイオスの研究所のことや、昨夜のことがどこか遠いことのような気がして、それが今の自分にはありがたかった。

どうしようかなと考えつつ、ぶらぶらと街を歩く。図書館で本を借りても返しに来るのが面倒だから、とりあえずは魔道具専門店だろうか。そうして、いくつかある店を巡《めぐ》っていたルーシャスは三つめの店で、後ろから肩《かた》を叩《たた》かれた。

「アルベルン？」

「え？」

名前を呼ばれて振り向くと、そこには見知った顔の男が立っていた。

「ハーミットか。奇遇《きぐう》だな」

赤茶のくせ毛で、いくつかそばかすの散った愛嬌《あいきょう》のある顔立ち。ハーミットは、魔法《まほう》研究所の元同僚《どうりょう》だった。バルトロアからは少し離《はな》れた、ブーゲニアという国から来た人間で、年も近く、お互《たが》いの境遇《きょうぐう》が似ていることから多少親しくしていた相手だ。

「突然辞《とつぜんや》めたからびっくりしたよ。——少し話せないか？」

そう言われて、ルーシャスは頷《うなず》いた。

「せっかくだし、どこか入ろうか」

「そうだな。ちょうど喉《のど》が渇《かわ》いたところだったんだ」

ルーシャスの提案に、今度はハーミットが頷く。そうして二人は少し古びた店構えの食堂へと足を向けた。

席に着き、注文を終えると早速ハーミットは興味津々《きょうみしんしん》という様子でルーシャスを見つめる。

「率直《そっちょく》に訊くけど、大公閣下のところで働いているっていうのは本当なのか？」

「本当だよ」

苦笑《くしょう》しつつ頷く。彼のこういうはっきりとしたところが、ルーシャスは嫌《きら》いではない。

「羨《うらや》ましい話だなぁ。あの天才『王弟殿下《でんか》』の下《もと》で働けるとは……」

久々に聞く呼称《こしょう》に、ルーシャスは小さく笑う。

そのあとはクレイオスの研究所はどんなところなのか、今はどんな研究をしているかなど、目を輝《かがや》かせながら質問してくる。

もちろん、研究については話せるはずもないのだが。研究の助手は自分だけで、実験器具の用意などの手伝いをしつつも、自分の研究もさせてもらっている話くらいにとどめておく。

「それはよかったな。こっちにいたときは大変そうだったもんなぁ」

「まあね」

サランドに関する愚痴《ぐち》も何度か聞いてもらっていたことを思い出し、苦笑する。

「そういえばさ、オブライエン卿《きょう》が研究所を辞めたことは知ってたか？」

サランドが？　初めて知る事実に、ルーシャスは頭を振る。

「いつの話？」

「つい最近だよ。三日前かな？　辞めたといっても実際には辞めさせられたに等しいけど」

ルーシャスが研究所を去ってから、サランドはまったく研究の成果を出せず、それどころか今まで発表した研究についての理解の足りなさから、研究成果を盗《ぬす》んだ疑いまでかけられていたらしい。

だが、サランドの研究成果のほとんどがルーシャスによるものであることは、近くにいた人間ならばもともと気づいていたことである。サランドの身分のせいで目をつむっていた状況《じょうきょう》だった。

「なんで今更《いまさら》……」

「最近になって、上のほうからの命令で査察が入ったんだよ。副所長の慌《あわ》てっぷりがおかしくてさ。まぁ所長はいつも通りだったけど」

さもありなんという話である。実際、所長は自分の研究にしか興味がない。とはいえ、責任追及《ついきゅう》はされそうなものだが……。

ハーミットが言うには、副所長はサランドを辞めさせることで、どうにかことをうやむやにしようとしたらしい。サランドはクビになるくらいならと説得され、自主退所したということのようだ。

「他《ほか》にも何人か貴族が辞めて、副所長は降格。おかげで前より風通しがよくなったよ」

楽しげに言うハーミットに、ルーシャスも少しほっとする。自分がいる間のことでなかったのは多少残念だが、きちんと成果が認められる環境《かんきょう》になったというのは喜ばしいことだ。

「よかったな」

心からそう言えたのは、クレイオスの下で働いている今があるおかげだろう。ハーミットも笑って頷く。ハーミットの上司はサランドほどではないにしろ、まったく関《かか》わっていないハーミット個人の論文にも、自分の名前を連名で載《の》せるのが当然という態度だと言っていたから、今回のことでその辺りが改善されたのだろう。

「だが……」

それまで上機嫌《じょうきげん》だったハーミットが、何かを思い出したのか表情を曇《くも》らせた。

「まだ問題があるのか？」

「……実はオブライエン卿が、辞める前にこうなったのはお前の……アルベルンのせいだと言っていたらしくてさ」

「はぁ？」

思わず呆《あき》れた声を出したルーシャスに、ハーミットが苦笑する。呆れているのは、ハーミットも同じなのだろう。

「完全な逆恨《さかうら》みだ。――――けれど、相当恨《うら》まれているようだから気をつけたほうがいい。あんなろくでなしでも身分は本物だ。僕らみたいなのはこの国に縁者《えんじゃ》が少ないし……いや、アルベルンは大公閣下がついているから大丈夫《だいじょうぶ》なのかな。だとしても、用心するに越《こ》したことはないと思う」

真剣《しんけん》に言ってくれるハーミットの気持ちがうれしくて、ルーシャスは素直《すなお》に頷いた。

実際、彼のいうことは的外れでもなかった。外国出身だから縁者が少ないというだけでなく、バルトロアで身を守る盾《たて》となっていたシュトルムの侯爵《こうしゃく》家令息という立場も、現在はなくなっているのだ。

それをサランドが知っているかは分からないけれど、あの男の性格の悪さだけはよく知っている。大丈夫だろうなどと、楽天的に考えるべきではないだろう。

クレイオスが城を出るときは自分から口に言え、と言っていたのはまさかそのせいだろうかと一瞬《いっしゅん》考えた。だが、それには時期がおかしい。クレイオスに言われたのは一週間以上前の話で、ハーミットが言うサランドの退所時期とははずれている。

だが、査察が入ったのは三日前ではないだろう。上からの査察、とハーミットは言ったが、それが所長よりも上であることは間違《まちが》いなく……。

「それじゃあ名残惜《なごりお》しいけれど、そろそろ帰るよ」

ともかく、何かトラブルになる前に戻ったほうがいいことは確かだ。

「そのほうがいいかもな」

ハーミットもそう言ってくれたので、ルーシャスは一カ所だけ、エリアーナが好きそうだと目をつけていた菓子《かし》店で買い物をして、城に帰ることにしたのだった。

「ルーシャス！」

研究所に戻《もど》った途端《とたん》、階上から声をかけられて、ルーシャスは驚《おどろ》いて上を見上げた。吹《ふ》き抜《ぬ》けの階段をクレイオスが下りてくる。

「どこに行っていた？」

「街に買い物に……すみません、休日なので言わなくてもいいかと思って……」

両肩《りょうかた》を摑まれて、ルーシャスはそう謝罪した。どうやら心配してくれていたようだと気づいたためだ。

そして、そのことでハーミットと別れる前に浮《う》かんだ疑問が再浮上《ふじょう》してきた。

「――オブライエンが研究所を辞めたと聞きました」

「行ったのか？」

研究所に、という意味だろう。肩を摑んでいる手に、わずかに力が入るのを感じた。ルーシャスは首を横に振《ふ》る。

「元同僚に偶然《ぐうぜん》会って聞いたんです。査察が入ったと」

「そうか」

クレイオスは何でもないことのように頷いたが、不思議とそれでストンと腑《ふ》に落ちたような気がした。クレイオスが、ここのところ研究以外で忙《いそが》しそうだった理由も……。

肩《かた》から手が離《はな》れる。

「そろそろ夕食だ。先に食堂に行っている」

「クレイオス様が指示したのでは？」

踵《きびす》を返そうとしたクレイオスに、ルーシャスは咄嗟《とっさ》にそう口にしていた。

答えに迷うような沈黙《ちんもく》があり、やがてゆっくりとクレイオスが振り返る。それから諦《あきら》めたようにため息を吐《つ》いた。

「――――そうだ」

やはりそうだったのかと思いながら、ルーシャスは微笑《ほほえ》む。

「ありがとうございます」

礼を口にしたルーシャスに、クレイオスは軽く目を瞠《みは》った。そして苦笑を浮かべる。

「……本来ならば、もっと早くやるべきことだった」

そう言った声には、クレイオスにしては珍《めずら》しく、悔恨《かいこん》と自嘲《じちょう》が滲《にじ》んでいるようだった。

「俺はこれまで、自分の研究にしか興味がなかった。王族として魔《ま》法《ほう》研究に関わる身でありながら、顧問《こもん》として名を連ねている研究所の腐敗《ふはい》を放置していたことを……お前に出会って反省した」

そう言われて、酒の席で前の上司――――サランドがどうしようもない男だったとこぼしたことがあったことを思い出した。とはいえそれは、クレイオスのような尊敬できる上司に出会えてよかったという話のついでとして口にしただけのことだ。

クレイオスはあんな酔《よ》っ払《ぱら》いの言葉を信じて、わざわざ調べてくれたのだろうか。

そして、それを放置したことを反省してくれたのか……。風通しがよくなったと喜んでいたハーミットを思い出して、うれしくなった。

「それに、今更だが、少しでもお前の名誉《めいよ》を回復できればと思った。本来ならお前のものになるはずだった評価を正当に……与《あた》えたかったんだ」

思わぬ言葉に、ルーシャスは驚いてぱちりと瞬《しばたた》く。

――――自分のため？

もちろん、それが全《すべ》てではないだろう。けれど、クレイオスが研究所の査察を行った理由の一つに自分のことがあったなんて……。

やはり、自分がなんの成果もないのにクレイオスの助手になっているという陰口《かげぐち》を、クレイオスも知っていたのだ。先日知っているのかもと思ったのは、気のせいではなかったのだろう。

「ありがとう、ございます……」

ルーシャスはもう一度、礼を口にした。

「本当にオブライエンのことはすごく腹が立っていたし、ざまぁみろって感じです」

鼻の奥がつんと痛んで、泣きそうになったのをごまかすように、ルーシャスは軽口を叩《たた》いて笑う。

「それに、なによりクレイオス様が私の名誉を回復したいと思ってくれたことが、うれしい……。研究でも少しは期待されているのかもって、思えたので」

最後はさすがに図々《ずうずう》しかったかと、頬《ほお》に熱が上る。

だが、そう思わせてくれたのはこれが初めてではない。八日前のあのときも、クレイオスは同じように自分に期待をかけてくれたと思ったから……。やはりもっと頑張《がんば》ろうと、そう思えた。

「クレイオス様の助手として恥《は》ずかしくないように、もっと頑張りますね」

ルーシャスは決意も新たにそう口にした。

だが、クレイオスはなぜか困ったように眉《まゆ》を下げる。そして、ゆっくりと口を開いた。

「サランド・オブライエンの名前で発表された研究を見た」

クレイオスはいくつかの論文のタイトルを上げる。それは確かに、ほとんどをルーシャスが書き上げたものだった。

「ルーシャスの魔法研究に対する知見が素晴《すば》らしいことは、もう十分分かっている。だから――――……無理はするな。お前は根を詰《つ》めすぎだ」

ルーシャスの顔へと手を伸《の》ばして、頬を包み込むように触《ふ》れ、親指でそっと目の下を擦《こす》る。

「隈《くま》は消えたな」

どこか安心したような声に、ルーシャスは驚いてクレイオスを見つめる。それから、頬にじわりと熱が集まるのを感じて目を逸《そ》らした。

「お前やロロが俺に、ベッドで眠《ねむ》れ、食事をしろという気持ちがようやく分かった」

「そ……れは、よかった……です」

つまり、同じように心配してくれたということだろう。

認められていたことがうれしい。けれど、それ以上にクレイオスが心から自分を案じてくれているのだと感じたことが、ルーシャスの胸を温めた。

今日起きたときに感じた虚《むな》しさが、その熱で溶《と》かされていくような、そんな気さえして……。

「ルーシャス……」

ゆっくりと顔を寄せられて、ルーシャスは静かに瞼《まぶた》を伏《ふ》せる。

そうして唇《くちびる》に触れる熱を感じながら、安心して愛されろと言われたことを思い出していた……。

「今日もか……」

朝食後、研究室を覗《のぞ》くとそこには誰《だれ》もいなかった。

研究室だけではない。研究所全体がしんと静まり返っている。いや、もともとそれほど賑《にぎ》やかなわけではなかったから、そう感じるのはここに自分しかいないと分かっているがゆえの錯《さっ》覚《かく》かも知れないが……。

街に下りたあの日から、もう一週間以上経《た》つ。正確には八日だ。

あの翌日、クレイオスは急な仕事が入ったからしばらく留主《るす》にすると告げ、次の日から一切《いっさい》研究所に顔を出さなくなった。ロロに聞いたところによると、クレイオスは外交のために国外に出ているらしいので顔を出すはずもない。

もちろん、クレイオスには王族としての務めもあるから、こういった事態も想定していたけれど……。

「まさか、一週間丸々とか……」

思わずため息を零《こぼ》してから、こんなことではだめだと自分の机に向かう。

留主の間は自分の研究に打ち込んでいいと言われているのだ。同時に無理はするなとも言われたが、いい機会であることは間違《まちが》いない。

実験室の使用許可ももらっていて、魔法陣《まほうじん》の制作にも取りかかっていた。とはいえ、昨日の実験では上手《うま》く行かず、今日はどこを改善するべきかを考えようと思っていたのだが……。

「固定に土魔法が使えるか試《ため》したいんだよなぁ」

だが、風魔法を得意とするルーシャスは土魔法とは相性《あいしょう》が悪く、使うことが難しい。水と火を使えるロロも、土魔法は使えないと言っていた。クレイオスがいれば協力してもらえたかも知れないが……。

ちらりと空席である机を見る。

「今日は来ているかと思ったんだけどな……」

というのも、今夜は城で夜会が開かれることになっており、ルーシャスもそれに参加するよう求められていたからだ。

クレイオスからのプレゼントだという、新しい礼服も受け取っているし、その際ロロからクレイオスも参加すると聞いていた。

クレイオスは研究所に来ないというだけでなく、城を離れているのだとも聞いていたので、夜会当日の今日ならば帰ってきているのではないかと期待してしまったのである。

――――期待。

そう、期待だ。

クレイオスの顔を見たのは、しばらく顔を出せないと告げられたときが最後だった。

会いたいと思ってしまう自分に気づいたのは、礼服を受け取ったとき。

ルーシャスはそっと引き出しを開けると、そこに入れた小さなメッセージカードを手に取る。

今回の礼服の入っていた箱についていたものだ。

『これを着たお前に早く会いたい』

それだけが書かれたメッセージカードを見たとき、自分もクレイオスに会いたいのだと気づいて、胸が苦しくなった。

それまでも、クレイオスがいればと思うことはあったが、それは例えば、研究についての相談をしたいなどの目的があってのことだと思っていたのである。

ただ、顔を見て安心したい。会えないことがひどく淋《さび》しい。声が聞きたい。

そんな気持ちがいつの間にか自分の中にあって、バルトロアに来てからはすっかり慣れたと思っていた一人の時間を持て余していた。

特に、クレイオスの下《もと》に来てからは、一人の時間も研究に打ち込むことが楽しくて仕方なかったはずなのに……。

そこまで考えて、ルーシャスは気持ちを切り替《か》えようと大きく深呼吸をして、引き出しを閉める。

そして、並行して進めていたもう一つの研究についての実験を進めようと席を立った。こちらは風魔法《まほう》を中心に考えているものだから、実験も容易《たやす》いはずだ。

遅《おそ》くとも今夜には、クレイオスに会える。

今は自分のするべきことをしなければならない。帰ってきたクレイオスに、恥ずかしくないように……。

・

「お兄様」

たおやかな笑《え》みを浮《う》かべて、エリアーナがルーシャスを見る。

エリアーナのドレスは深みのあるグリーンで、いつもより大人びた雰囲気《ふんいき》を醸《かも》し出していた。偶然《ぐうぜん》なのか、知っていて合わせたのかは分からないが、ルーシャスの礼服も上着とズボンは一見黒のようで、緑色の光沢《こうたく》を感じさせるものであり、ベストの色はエリアーナのドレスより一段暗いグリーンだった。

ここは、会場となるホールの近くにある控《ひか》え室の一つだ。

ルーシャスが王女の住む区域に足を踏《ふ》み入れることはできないので、待ち合わせの場所として提供されていた。室内にいるのは、エリアーナとメイドだけだ。

「行こうか」

「はい」

ルーシャスの差し出した手を取り、エリアーナが立ち上がる。

本来ならば会場に入るときは名を呼ばれるのだが、ロロの先導で目立たぬように会場に入った。現在ははっきりとした身分を持たぬ二人である。本来ならばこのような夜会に出席できる立場ではなかった。

ホールの天井《てんじょう》には目を瞠《みは》るような大きなシャンデリアがきらめき、その下で美しく着飾《きかざ》った人々が言葉を交《か》わしている。ダンスが始まるのはもう少しあとだ。王族が入場し、国王による挨拶《あいさつ》が行われてからになる。

程《ほど》なくして、王族の入場を知らせる音楽が流れた。人々は口を閉《と》ざし、ホールの奥の一段高い場所に向けて頭《こうべ》を垂れる。もちろん、ルーシャスとエリアーナもそれに従った。これだけの人がいるとは思えない静けさの中に美しくも力強い旋律《せんりつ》が響《ひび》き、やがて音楽がやむ。

国王が頭を上げるように言うのを待って、ルーシャスは居並ぶ王族に視線を向けた。

「……？」

思わず首をかしげたのは、その中にクレイオスの姿がなかったためだ。

てっきりクレイオスも一緒《いっしょ》に入場してくるのだと思っていたが……。

「大公閣下はまだお帰りではないのですか？」

国王と王妃《おうひ》のダンスが終わり、他《ほか》の貴族達が踊《おど》り出すのを待って、ルーシャスはロロに疑問をぶつけた。

「どうやら予定が押しているようですね。本来ならばもうお戻《もど》りのはずでしたが……。私はルーシャス様とエリアーナ嬢《じょう》についているようにと言われておりますので、はっきりとしたことは分かりかねます」

どうやら、ロロにとっても想定外だったようだ。

「あの、何か危険なことがあるわけでは……？」

周りに聞かれるわけにもいかないため、小声で問うが、ロロはそれには微笑《ほほえ》んで首を横に振《ふ》る。

「それでしたらさすがに私の耳にも届きます」

「そうですよね……」

その言葉に、ルーシャスは胸《むね》を撫《な》で下ろす。

ここに来れば会える、少なくとも姿を見ることはできると思っていたので残念ではあったが、無事であるならばいい。

ルーシャスはエリアーナとダンスをしたあとは、会場の隅《すみ》でおとなしくしていることにした。エリアーナのほうは、第二王子を紹介《しょうかい》したいからとシレイアに連れて行かれたため、エスコート役としては一旦《いったん》お役御免《やくごめん》である。

だが、その頃《ころ》になってもまだ、クレイオスは会場に現れなかった。

どうしたのだろうとは思うが、この世界は交通網《こうつうもう》がそれほど発達していないし、移動手段も馬や馬車なので途中《とちゅう》の橋が一つ落ちたとか、天候が不良だったというだけでも日程に遅《おく》れが生じてしまう。国外からの帰りだというならば、一日二日のずれはそれほどおかしなことでもない。ロロが言うには昨夜連絡《ゆうべれんらく》が来た時点では順調だったというし、天候も悪くはない。問題が起きたという話も聞かないから、そのうち来るのだろうとは思うけれど……。

ルーシャスは誰《だれ》かに声をかけられることがないように、バルコニーに出て、そこに用意されている休憩《きゅうけい》用のベンチに腰掛《こしか》けた。

手にしていたグラスの中身を飲み干すと、小さくため息を吐《つ》く。

「おかわりをお持ちしますか？」

「あ、いえ、自分で取りに行きます」

ルーシャスはそう言ったが、ロロは自分のついでだと言う。グラスを持った給仕《きゅうじ》の姿は近く、固辞するほどでもない。

「ありがとうございます。それなら、同じものを」

「わかりました」

ロロは微笑んでそう言うと、そのままホールへと足を向けた。

その背を、見るともなしに見つめていたときだ。

「――聖シュトルム王国のルーシャス・アルベルン様ですか？」

い。


「え？」

突然《とつぜん》そう声をかけられて、ルーシャスは驚《おどろ》きに目を瞠る。

バルコニーは入り口付近にしか会場の明かりが差し込んでいないとはいえ、暗闇《くらやみ》というわけでは当然ない。ルーシャスがここに来たとき、バルコニーは確かに無人だったはずだ。

そして、その後人が入ってきたわけでもないことは、入り口に顔を向けていた以上間違《まちが》いない。

なのに、なぜ？

「どうやら、間違いはなさそうだ」

そんな言葉が聞こえたと思ったときには、腕《うで》を摑まれていた。そして……。

「突然何を……っ」

腕を振り払《はら》おうとした途端《とたん》、ぐにゃりと視界が歪《ゆが》む。同時に内臓をかき混ぜられるような、耐《た》えがたい不快感に襲《おそ》われて、ルーシャスは堪《たま》らずに目を閉じ、摑まれていたのとは逆の手で口を押さえた。

「――――」

腕を放された途端、平衡感覚《へいこうかんかく》を失ってその場に倒《たお》れ込む。

何か声がした気がしたが、聞き取れなかった。

吐き気がする。一体何が起きたのだろう？　さっき飲んだグラスに何か……？　車酔《くるまよ》いのような症状《しょうじょう》に苛《さいな》まれながらも、ルーシャスは薄目《うすめ》を開ける。

薄暗《うすぐら》い空間だった。ランプのものらしい明かりはあったが、強いものではない。同時に先ほどまで聞こえていた楽団の奏《かな》でる音が、聞こえなくなっていたことに気づく。

あまりの異常な事態に、すぐにでも状況《じょうきょう》を把握《はあく》したかったが、体調の悪さがそれを許さなかった。

「うぅ……っ」

突然顎《とつぜんあご》を摑まれて、口の中に布を詰《つ》められる。その上で猿《さる》ぐつわを噛《か》まされた。次に腕を頭上に強く引かれる。

「ぐぅ……っ」

咄嗟《とっさ》に抗《あらが》おうとした途端、腹を蹴《け》られた。大して力が入っていたわけではなかったようだが、腹部を圧迫《あっぱく》されたことでさらなる吐き気を覚えて顔を顰《しか》める。もし吐いてしまえば、それが喉《のど》に詰まって呼吸困難になるかも知れないと、必死で吐き気を堪《こら》えた。

そうして堪えている間に、男はルーシャスの手首を枷《かせ》に繫《つな》いでしまう。手枷は壁《かべ》から垂れ下がる短い鎖《くさり》に繫がっていて、座り込むことすらできなくなった。

「おとなしくしているんだな。どうせ何もできないだろうが……」

男はそう言うとルーシャスを睨《にら》みつけ、部屋を出て行く。唯一《ゆいいつ》の光源だったランプを男が持っていったため、室内は闇《やみ》に閉ざされた。

「…………」

ルーシャスは念のためしばらく動かずにいたが、他に物音はしないようだ。

だが、当然ながら安堵《あんど》できる状況ではない。

頭の中は完全に混乱した状態だった。ほんの少し前まで、城のホールにいたのだ。五分も経《た》っていないのではないだろうか。

それとも、自分が気づいていないだけで、実は一度気を失っていたのか……。いや、そうだとしてもおかしい。

ようやく吐き気が収まってきて、思考も巡《めぐ》り始めた。

暗闇に目は慣れ始めているはずだが、室内はほとんど何も見えない。どうやら窓もない部屋のようだ。窓があれば、夜であってももう少し何か見えただろう。

音もしない。もしここが地下だったとしても静かすぎる。人の気配だけでなく、虫や鳥の声もまったく聞こえなかった。よほど地下深い場所なのか、それとも建物全体に防音の魔法《まほう》がかけられているのか……。

おそらくだが、自分は空間移動の魔法でここに連れてこられたのではないかと思う。

空間移動魔法は禁止されているし、使えるものは非常に珍《めずら》しいが存在しないわけではない。

そして、空間移動魔法であれば、あの場に突然人が現れた理由も、自分がまったく知らない場所に一瞬《いっしゅん》で移動した理由も説明がつく。

だが、人を連れて移動できるというのは相当に強い力だ。空間移動魔法は移動させるものの質量が多ければ多いほど、そして移動距離《きょり》が長いほど消費される魔力は大きくなるとされている。例外は術者本人だ。クレイオスの下《もと》で学ぶまでは知らなかったのだが、本人の質量は、他《ほか》の物質を移動させるよりも随分《ずいぶん》と小さく見積もられるらしい。むしろ身につけている衣服のほうが問題になるほどだ。そして、移動できる場所は術者の目で見えている範囲《はんい》か、元から魔法で印をつけた場所のみだという。

ここの場合は、後者だろう。だがルーシャスを移動させること自体が、本来であれば相当難しいことのはずだ。いくら最初に印をつけていてもそんなに多くの距離を移動することはできないのではないだろうか。

つまり、ここはまだ王都の中である確率が高い。外に出ることさえできれば、徒歩でも逃《に》げられるかも知れない。

しかし……。手を動かそうとしても手首が痛むだけで、何の手応《てごた》えもない。当然だが、物理的な力で壊《こわ》すことは難しそうだ。

問題は、手と口を封《ふう》じられたことで魔法を使えなくなっていることだった。ここに来て真っ先に口を塞《ふさ》いだのも、自分が風魔法を使うと知っていたからだろう。魔法は元から魔法陣《まほうじん》を用意してあればそこに魔力を流すだけで発動するが、そうでなければ別の方法での発動が必要となる。風魔法は声、治癒《ちゆ》魔法ならば癒《い》やしたい場所に手をかざすなどがそれに当たる。

もし、風魔法が使えれば、手枷自体は無理でも壁のほうをどうにかできたかも知れないのだが……。

一体どうすればいいのだろう。助けを待つほかないのだろうか？

——クレイオス。

口に出すことのできないまま、クレイオスを思い浮《う》かべる。

迷惑《めいわく》をかけたくない、手を煩《わずら》わせたくないと思う気持ちはあるけれど、他に自分が頼《たよ》りにできる相手がいないことも確かだった。

ロロはもう、ルーシャスがいなくなったことに気づいているだろう。だが、クレイオスはまだ会場に着いていなかった。クレイオスが王都に戻《もど》るのはいつになるのか、それまで自分が生きているのかも分からない。

恐怖《きょうふ》にぞわりと背筋が震《ふる》える。

だが、すぐには殺されないはずだと思い直した。

もし殺す気ならば、自分を高い場所にでも転移させれば済むことだ。こんな場所に連れてくる理由はない。何か、自分をここに捕《と》らえた目的があるはずだ。

そもそもどうして自分だったのだろう？　ルーシャスは特に身分が高いわけでもないし、政治的に利用できる立場でもない。考えられるとしたら、クレイオスの研究目当てというところか……。

だが、そんなことを考えていられたのもそこまでだった。

先ほど男が出て行ったときは気づかなかったが、階段を下りてくる足音がする。どうやら誰か来たらしい。

さっきの男だろうか？　だが足音は一つではないようだ。ルーシャスは緊張《きんちょう》に体を強《こわ》ばらせる。

「――――王弟殿下《でんか》はあの男のどこがよかったんだ？　あれならば俺のほうがよほど……」

それは先ほどの男の声に聞こえた。

王弟殿下というのは、もちろんクレイオスのことだろう。

クレイオスの知り合い……？　いやクレイオスはバルトロア国内どころか近隣《きんりん》諸国でも知らぬものがいないほど有名な男だから、一方的に知っているだけの可能性も高い。それに『王弟殿下』は今や公式には使われない呼称《こしょう》だ。それを主に使っているのは、魔法研究に携《たずさ》わる者……。

「体で取り入ったのではないか？　後宮に囲われていると聞いたぞ」

続いて聞こえてきた嘲《あざけ》るような声に、ルーシャスは目を見開く。それは、知っている声だった。

最後に聞いたのは一月ほど前だが、間違いない。

「大公閣下が同性愛者だという噂《うわさ》は有名だろう？」

「そんなことで助手になど……」

「よほど具合がいいんだろう」

再び、ドアの開く音がした。暗闇《くらやみ》に慣れた目にランプの光が眩《まぶ》しく感じられ、ルーシャスは顔を背《そむ》ける。

「う……っ」

前髪《まえがみ》を掴むようにして顔を上げさせられて、ルーシャスはくぐもったうめき声を上げる。

そうしてルーシャスの顔をのぞき込んだのは、思っていたとおり、元上司であるサランドだった。

どうしてこの男がここに？　そう思ってから、ハーミットの忠告を思い出す。

――実はオブライエン卿《きょう》が、辞《や》める前にこうなったのはお前の……アルベルンのせいだと言っていたらしくてさ。

――相当恨《うら》まれているようだから気をつけたほうがいい。

言われた通り、気をつけていたつもりだった。だが、まさかハーミットもサランドが空間移動魔法を使える魔法使《まほうつか》いを使ってまで復讐《ふくしゅう》しようとしているとは考えていなかっただろう。

「お前にそんな特技があるとは知らなかったがな。もっと早く教えてくれれば、かわいがってやったというのに」

下卑《げび》た笑いを浮かべるサランドを、ルーシャスは精一杯《せいいっぱい》睨《にら》みつける。

「……生意気な目だ」

「うぅ……っ」

前髪を掴む手に力が入り、ブチブチと髪《かみ》の千切れる音がした。痛みにうめき声を零《こぼ》したルーシャスを見て、サランドは鼻で笑う。

「自分の立場を理解しろ。お前がここにいることを知っているのは俺たちだけだ。死にたくなければせいぜい俺の機嫌《きげん》を取るんだな」

手が離《はな》れると、何本かの髪が床《ゆか》に落ちた。

「大公閣下を籠絡《ろうらく》するほどの体だ。試《ため》さない手もないだろう」

サランドの手が、ルーシャスの腰《こし》に触《ふ》れた。まさかと思う。口が小さく呪文《じゅもん》を呟《つぶや》く。ベルトを切られたのだと気づいたのは、その直後だった。

「んんぅ……っ」

何を、と口にしたが当然声にはならない。だが、聞くまでもないだろう。ここで、ルーシャスを辱《はずかし》める気なのだ。

咄嗟《とっさ》に室内に視線を走らせる。もう一人の男は軽蔑《けいべつ》したような顔をしていたが、止める気はないようだ。

先ほどの台詞《せりふ》からすれば、サランドは今すぐにルーシャスを殺すつもりはなさそうだ。だから、命を守るためであればここは逆らわず、おとなしくされるままになっていたほうがいいのだろう。

けれど……。

「っ……」

肌《はだ》の切れる痛みに、ルーシャスは体を震わせる。サランドもまた、風魔法を使う。風魔法で服を切るつもりが、肌まで達したのだろう。大して魔力《まりょく》が強いわけでもないのに、制御《せいぎょ》も下手なのだ。

いや、制御する気もないのかも知れない。サランドの目的は自分に復讐することなのだから、傷つけることも厭《いと》わないのだろう。

服が切り刻まれて、ぼろぼろにされていくに従って、ルーシャスの肌にも赤い筋が刻まれていった。

「随分《ずいぶん》おとなしいな。痛めつけられるのが好みか？」

そんなわけないだろうと、思いながらルーシャスはぎゅっと目をつむる。つむっていなければ睨《にら》みつけてしまう。できることなら、蹴《け》りつけてやりたかった。だが、それが自分の寿命《じゅみょう》を縮めることになるのは間違《まちが》いない。

「乳房《ちぶさ》はないが、肌触《はだざわ》りは悪くないな」

生暖かい手が肌に触れるのを感じて、嫌悪《けんお》に体を震わせた。口の中の布を奥歯でぎゅっと噛《か》み締《し》める。

まさかこんなことになるとは思っていなかった。こんな男に抱《だ》かれるなんて、できることなら気絶してしまいたいほど気持ちが悪い。

これ以上触れられたくない気持ちと、さっさと終わって欲しい気持ちが、交互《こうご》に胸に去来する。

「んうっ」

乳首《ちくび》を抓《つね》られて、痛みに体が揺《ゆ》れる。

「感度が悪いな。こんなつまらない体で、閣下を楽しませることができるのか？」

「く……うっ」

つまらないと言いながらも、サランドの指は執拗《しつよう》にそこを弄《いじ》る。千切れるのではないかという痛みにルーシャスが呻《うめ》き、顔を歪《ゆが》ませるのが楽しいのかもしれない。

頭の中で、ルーシャスは必死にクレイオスの名を呼んでいた。

突然《とつぜん》飛ばされたことを考えれば、いくらここがまだ王都内だったとしても、実際には助けが来るのは難しいだろう。それでも、こんなときにルーシャスが心に思い描《えが》けるのはクレイオスしかいなかった。

そうして気づく。サランドだからいやなのではない。クレイオスでないことがいやなのだ。

クレイオスに触れられる前だったなら、これほどの嫌悪を抱かずに済んだかも知れない。サランドのことは嫌《きら》いだが、それでも命と引き換《か》えならば容易に耐《た》えられただろう。

自分の心が、それほどまでに変わってしまったのだと、ルーシャスは痛いほど思い知らされた。サランドを喜ばせるだけだと分かっているのに、涙《なみだ》が零れそうになる。

サランドの手がようやく胸から離れた。痛みから解放され、ぐったりとしたルーシャスの尻《しり》に、サランドの手が触れる。反射的に逃《のが》れようと身を捩《よじ》った途《と》端《たん》、そのまま前に引き寄せられて、手首がぎしりと痛んだ。

「逆らうな。命が惜《お》しくないのか？」

「っ……」

ルーシャスは諦《あきら》めて体から力を抜《ぬ》く。嫌悪と恐怖《きょうふ》に、自身が震《ふる》えているのが分かった。

サランドは、ルーシャスが素直《すなお》に言うことを聞いたことで機嫌がよくなったらしい。愉快《ゆかい》そうに声を立てて笑う。

だが……。

突然、強い魔法《まほう》の気配がした。地面がぐらりと揺らぐ。ルーシャスは驚《おどろ》き、思わず目を開いた。

だが見れば、サランドともう一人の男も怪訝《けげん》そうな顔をしている。少なくともこの二人が原因ではないようだ。

地震《じしん》だろうかとも思ったが、それではあの魔法の気配が説明できない。今はまったく感じられないが……。

「様子を見てこい」

サランドの言葉に、男は不快そうに眉《まゆ》を顰《ひそ》めた。だが、一つ舌打ちをするとドアへと向かう。

しかし……。

「？　なんだ……？」

ドアノブに触れた男は、怪訝そうな声を上げた。

「どうした？」

苛立《いらだ》った声で訊《き》いたサランドに、男はドアが開かないのだと言う。

「ドアが？　さっきの揺れで歪んだか、外の閂《かんぬき》が弾《はず》みでかかったのかもしれん。……それも確《かく》認《にん》してこい」

「……わかった」

男は不満げではあったが、ここに閉じ込められている気はなかったのだろう。そう言うと口の中で何かを呟いたようだった。おそらく呪文だろう。だが、その姿は消えることなくその場にある。

男の魔法が空間移動魔法だと思った自分の考えが間違っていたのだろうかと、ルーシャスは思ったが……。

「……移動できん」

呆然《ぼうぜん》とした声で男がそう言った、次の瞬間《しゅんかん》だった。

木の割れる音と金属のこすれる音が大音量で混じったような、凄《すさ》まじい音が響《ひび》き、ドアが吹《ふ》き飛ぶ。

ドアの前に立っていた男にドアは容赦《ようしゃ》なくぶつかり、その一撃《いちげき》で気を失ったのか、男は声もなくドアの下敷《したじ》きになった。

「な……あ、あなた、は……ッ」

ルーシャスは目を瞠《みは》る。そこに立っていたのは、自分がずっと呼んでいた——クレイオスだった。

クレイオスはほんの一瞬、安堵《あんど》と痛ましさの入り交じった瞳《ひとみ》でルーシャスを見つめたが、すぐにサランドのほうへと視線を向ける。

だが、その一瞬で十分だった。もう大丈夫《だいじょうぶ》なのだと、安堵する。

「俺の大切な助手に手を出すとは、いい度胸だな」

クレイオスの唇《くちびる》が笑《え》みを浮《う》かべる。だが、その目はまったく笑っていなかった。

サランドが気圧《けお》されるようにわずかに後ずさりする。だが、この部屋にある出入り口は一つであり、それはクレイオスの背後にあった。

「か、閣下……わ、私は……っ！　そ、その暴漢がアルベルンを攫《さら》うのを見て、助けに来た、だけでございます……！　アルベルンに危害を加えるなど、そんな……」

馬鹿《ばか》げた言い訳に、クレイオスはますます笑みを深くする。

ルーシャスが証言すれば、すぐさまばれる嘘《うそ》である。きっとこの場を逃《に》げ出すことだけが目的なのだろう。それで追及《ついきゅう》を逃れられる算段が、サランドにはつくらしい。もちろん、そう思い込んでいるだけかも知れないが。

「なるほど。幸運なことだ」

「え、ええ、本当に、アルベルンを助けることができたのは幸運なことで――」

「そうではない」

クレイオスはサランドの言葉を遮《さえぎ》った。

「お前のような愚《おろ》かな人間を、この国から排除《はいじょ》することができることが幸運だと言ったのだ」

サランドは言葉を失ったように沈黙《ちんもく》する。何を言われたのか、分からなかったのかも知れない。

だが、再び言葉を紡《つむ》ぐ機会はなかった。

「がぁ……っ！」

サランドの体が風魔法で無数に切り裂《さ》かれ、壁《かべ》に激突《げきとつ》する。そして、そのまま崩《くず》れるように、床《ゆか》へと倒《たお》れ伏《ふ》した。

クレイオスはサランドがぴくりとも動かないことを確認すると、ルーシャスへと駆《か》け寄ってくる。

すぐさま、手枷《てかせ》が壊《こわ》され、猿《さる》ぐつわと布が取り払《はら》われる。そして、強い力で抱《だ》きしめられた。

「遅《おそ》くなってすまなかった……」

苦しそうに言うクレイオスに、ルーシャスは頭《かぶり》を振《ふ》る。

「助けてくださって、ありがとうございます」

深い安堵に、ぽろりと涙が零《こぼ》れた。情けないと思うけれど、止められない。クレイオスはそんなルーシャスをずっと抱きしめてくれていた……。

「空間移動魔法の痕跡《こんせき》？」

豪奢《ごうしゃ》なベッドの上で、ルーシャスは小さく首をかしげる。シュトルムの侯爵《こうしゃく》家のベッドよりもさらに豪華《ごうか》なこの寝室《しんしつ》は、城のほうにあるクレイオスの私室だった。

あのあと、緊張《きんちょう》が解けたのと泣き疲《つか》れたのとでルーシャスはいつの間にか意識を失ってしまったようだ。気がつくとこのベッドに寝《ね》かされていたのである。

目が覚めたときには傷がすっかりよくなっていたため、まさかエリアーナだろうかと不安になったが、治してくれたのは王家に仕えている治癒《ちゆ》魔法使《まほうつか》いらしい。エリアーナには心配をかけたくなかったため、今回のことは知らせていないという言葉に安堵した。

そして、今回の件について、クレイオスに話を聞いていたのだが……。

それによると、そもそも空間移動魔法には、わずかだが痕跡が残るのだという。ほんのわずかな揺らぎのようなもの。クレイオスはそれを追って、ルーシャスの居場所を特定したらしい。

「ああ、そうだ」

クレイオスは頷《うなず》いたが、そんなものが残るという話は初めて聞いた。

いや、待てよ……。

「ひょっとして、物質転送魔法にも残るんですか？　それがあの転送装置に履歴《りれき》を残す術式と関係が……？」

「ああ、そうだ。よく気がついたな」

そもそも、クレイオスがここのところ忙《いそが》しくしていたのは、空間移動魔法を使用して人や兵器を集めている組織があり、それの調査に駆り出されていたためだった。

物質転送魔法を使用した際に残った痕跡を追う術式をクレイオスは開発しており、その応用で空間移動魔法の痕跡を見つけられることが分かったのだという。

だが、その術式をクレイオス以上に使えるものがいないため、クレイオス本人が調査に協力することになったとか。

「オブライエン伯爵《はくしゃく》はこの件に深く関《かか》わっていた。今頃《いまごろ》は伯爵邸《てい》も強制調査されているはずだ。もちろん領地もな」

「では、あの空間移動魔法使いの男はその件の……」

「ああ、そうだ。元々は組織の人間だ。詳《くわ》しい取り調べはこれからだが……おそらく、その組織内でオブライエンはあの男と知り合ったと思われる」

「それで、私を攫ったのは……」

「私怨《しえん》だな」

そうだろうとは思っていたが、実際に肯定《こうてい》されるとなんとも言えない気持ちになる。

「どうやら、魔法使いのほうにも恨《うら》まれていたらしい」

「は？　……あの男のことはまったく知りませんけど……」

薄暗《うすぐら》いながらも顔は見たし、声も聞いた。だが、どちらもまったく覚えがない。

「人違《ひとちが》いでは？」

「それがな……」

クレイオスは少し言いづらそうに口ごもったが、結局は教えてくれた。

それによると、男はクレイオスのことを崇拝《すうはい》しており、助手になったルーシャスを妬《ねた》み、ひどく恨んでいたのだという。

サランドに協力したのも、サランドの目的がルーシャスだと知ってのことだった。

「武器の密輸は国家反逆罪を問われるだろうが、そもそも空間移動魔法《まほう》は禁術に指定されている。あの男も、それを雇《やと》ったオブライエンも死罪がすでに確定した。爵位《しゃくい》も返上になるだろう。……馬鹿な男だと思ってはいたが、まさかここまで馬鹿だとは思わなかった」

組織に調査の目が向いている状況《じょうきょう》で、さらに新たな罪を犯《おか》すとは思わなかったと、クレイオスはため息を吐《つ》く。

「お前には怖《こわ》い思いをさせた……もう少し早く、戻《もど》ればよかったんだが……」

「そんな、助けてくれただけで十分です。それに……たいしたことはされてませんから」

「本当か？」

「本当です」

恐《おそ》ろしかったのは確かだが、傷自体も数が多かっただけで深いものはなかったはずだ。

「クレイオス様からもらった服がだめになってしまったのは、残念でしたけどね」

ルーシャスが笑ってそう言うと、クレイオスはそっとルーシャスを抱き寄せた。

「あれくらい、いくらでも買ってやる」

「だ、だめですよそんな……。そんなだから、後宮で囲ってるとかいう噂《うわさ》になってるんじゃないですか」

まぁ実際、研究所が後宮のあった場所にあることは確かだが……。

「確かに、そんな噂になるのはよくないな」

「……そうですよ」

頷いたクレイオスに、なぜか少しだけ胸が痛んだけれど、クレイオスは大公なのだ。そんな醜聞《しゅうぶん》を起こすべきではない。

「だからな――……ルーシャスを正式に俺の伴侶《はんりょ》として認めさせる手続きをしたい」

「……え？」

何を言われたか分からず、ルーシャスは首をかしげた。

正式に？　伴侶として？　認めさせる？

「な、何言ってるんですか⁉」

「だめなのか？」

「だ、だめっていうか、そ、そんなの無理でしょう？　だって、私は男ですよ」

そんなことが可能なのか？　バルトロアが同性の結婚《けっこん》を認めていたという記憶《きおく》はないが、自分が知らないだけなのだろうか。

「無理ではない。陛下にはもう許可を取ってある。二つ返事で了承《りょうしょう》されたぞ」

「はぁ⁉」

聞けば、大公が男と婚姻《こんいん》を結んだ例は過去にもあるらしい。子どもを作ることが歓迎《かんげい》されないと言っていたことと、無関係ではないのだろう。

「で、ですが……」

「ルーシャス」

名前を呼ばれ、混乱を極《きわ》めていたルーシャスは息を呑《の》んだ。それくらい、クレイオスの目が真剣《しんけん》だったからだ。

「……最初にお前を連れてこようと思ったのは、お前に興味を持ったからだ。おとなしい男にしか見えなかったお前が、妹のためにあれほどまでに激高したのが意外でな」

クレイオスの言葉に、ルーシャスは少し恥《は》ずかしくなる。

記憶が戻って混乱していたとはいえ、あれはさすがに言い過ぎだったと思う。だが、エリアーナをかばったこと自体は、まったく後悔《こうかい》していないし、もう一度同じ場面に戻ったとしても、リカルドを批難することは間違《まち》いない。

「妹のために、王族に楯突《たてつ》くお前を見て、おかしな男がいたものだと思ってな。元々シレイアから、シュトルムでも有数の上位貴族でありながら、不思議なほど家族の仲がいいとは聞いていたが……なんの疑いもなく、家族を信じているのが不思議だった。何がそんなにも違《ちが》うのかと」

そう言うと、クレイオスは自分と、兄である国王についての話を語ってくれた。

表立って仲が悪かった時期はない。だが、クレイオスが王位に興味がないことも、魔法研究さえできればいいと思っていたことも、クレイオスの兄は信じなかった。

クレイオスが優秀《ゆうしゅう》さを示すたび、兄からは憎悪《ぞうお》と疑いの目を向けられたという。

「幸い、自分たちは年が離《はな》れていた。前王が崩御《ほうぎょ》し兄が玉座に着いたとき、俺はまだ十四で、成人前だった。成人後であれば……いや、よそう」

クレイオスは全《すべ》てを語らなかったが、おそらくクレイオスが成人していれば、現国王の即位《そくい》はそこまでスムーズには行かなかった可能性もあるのだろう。それほどに、クレイオスの才能は突出《とっしゅつ》している。

「何はともあれ、兄が玉座についたことで、俺はようやく安心して研究成果を世に出すことができた」

「……ひょっとして、あの時期にいくつもの成果が発表されたのは……」

まさかと瞠目《どうもく》したルーシャスに、クレイオスは頷く。

クレイオスが王弟殿下《でんか》と呼ばれた、わずか三年間に達成された数々の偉業《いぎょう》。

あれはたまたまその時期に成されたのではなく、クレイオスの研究は、もっと早くに完成していたのか。それを、クレイオスは兄の戴冠《たいかん》まで隠《かく》していた。

「俺は自分の研究を知って欲しかった。だが、兄の地位を脅《おびや》かしたくもなかった。だから待った……。それでも、兄が俺を完全に疎《うと》まなくなったのは、兄に子が……第一王子が生まれてからだったがな」

自嘲《じちょう》するような笑《え》みを浮《う》かべるクレイオスに、胸が痛んだ。

以前、クレイオスの孤独《こどく》について思ったことがあった。

あのときは、クレイオスは家族を信じられないのかも知れないと思ったけれど、実際には逆だったのだろう。クレイオスは、兄に信じてもらえなかったのだ。

「今思えば、お前が妹を信じるのは当然だと言ったとき、俺は彼女が羨《うらや》ましかったのだろう。そして、お前にますます興味が湧《わ》いた。お前が欲しいと思った。だが、あのときはまだ、どうしてお前を欲しいと思ったのか分かっていなかったんだ」

クレイオスの言葉が、ルーシャスには意外だった。あのときからすでに、自分を求めてくれていたとは思っていなかったからだ。

羨ましいというクレイオスの心を思えば胸が痛い。

けれど、その後に続いた言葉をうれしいと思ってしまう。自分が一夜の過《あやま》ちだと思っていた行為《こうい》にすら、意味があったということが……。

「その後はお前と研究について話すことが、ただ楽しかった。お前が俺の近くにあることで……それで満足していると思っていた。だが、違った」

クレイオスは、そっとルーシャスの右手を取った。まっすぐに見つめられ、少しずつ心音が速くなっていくのを感じる。

「お前がいなくなったとロロから連絡《れんらく》があったとき、俺はこの身と引き換《か》えにしてでも、お前を救いたいと思った。初めてこの世界に自分よりも大切なものがあるのだと知った」

「クレイオス様……」

まさか、そんなふうに思ってくれていたなんて、考えてもみなかった。

大切にしてくれているのだと、それくらいは感じ始めていたけれど……。

「お前を誰《だれ》にも取られたくない。お前が俺のものだと、そう主張できる権利を俺にくれないか？」

手の甲《こう》に口づけられて、ルーシャスは息を呑む。

「――――俺と、結婚して欲しい」

「……私でいいんですか？」

「お前以外考えられない」

微笑《ほほえ》まれて、胸の奥が甘く捩《よじ》れる。

研究者としてのクレイオスに憧《あこが》れていた。認められたいと思った。けれどいつの間にかそれと同じくらい、男として好きになっていた。好きになって欲しかった。

胸が、苦しい。けれど、苦しいほどに胸を満たしているのは、間違いなく歓喜《かんき》だった。

ルーシャスは、クレイオスを見つめ、ゆっくりと頷《うなず》く。

「……はい。私も、クレイオス様と……結婚したいです」

口にした途端《とたん》、摑まれていた手を軽く引かれ、唇《くちびる》が重なった。

キスは、触《ふ》れるだけですぐに解ける。顔をのぞき込んで微笑むクレイオスの目が酷《ひど》く甘くて、ルーシャスは微笑みながら一粒《ひとつぶ》、涙《なみだ》をこぼした。

「あ、んっ……クレイオス、様……っ」

項《うなじ》に口づけられて、壁《かべ》とクレイオスに挟《はさ》まれるようにして立っているルーシャスの膝《ひざ》ががくがくと震《ふる》える。クレイオスに背後から腰《こし》を抱《だ》かれていなければ、とっくに頽《くずお》れていただろう。

幾度《いくど》となく絶頂を迎《むか》えさせられた体は、どこもかしこも敏感《びんかん》になっていて、クレイオスの指や唇が触れるたびに奥が切なく疼《うず》く。

ここはベッドではなく、浴室だ。ベッドで二度抱かれ、どろどろになった体をきれいにするためにと連れてこられた。

中に出したものを掻《か》き出すだけだと言ったのに、先ほどからクレイオスの指はルーシャスがおかしくなってしまうような場所を執拗《しつよう》に刺激《しげき》している。

「も、だめ……指、抜《ぬ》いて……っ」

「腹が苦しいと言ったのはお前だろう？　これ以上中で出さないようにというから、こうして掻き出してやっているというのに」

「ひ、ぁっ……」

腹を撫《な》でられながら指を中で広げられて、クレイオスに出されたものが、とろとろと腿《もも》を伝い落ちる。恥ずかしいのと快感で、ルーシャスの目尻《めじり》が濡《ぬ》れた。

「これでまた入れてやれるな」

「だ、だめ……っ、も、おかしく、なるから……」

ゆるゆると頭《かぶり》を振《ふ》るけれど、指を抜かれ、尻の間にクレイオスのものを擦《こす》りつけられると、腰が揺《ゆ》れてしまう。

「欲しいんだろう？　いくらでも、おかしくなればいい。俺が責任を持って面倒《めんどう》を見てやろう」

「あっ、ああ……っ」

ゆっくりと、クレイオスのものが入ってくる。ルーシャスの中は、ようやく与《あた》えられた熱をきゅうきゅうと締《し》め付け、奥へと誘《さそ》うように背後のクレイオスに腰を押しつけてしまう。

悔《くや》しいけれど、クレイオスの言ったとおりだと認めざるを得なかった。

「あ、んっんっ」

奥まで入れると、クレイオスは腰の動きを止め、今度は乳首《ちくび》を指で円を描《えが》くように撫でる。

そこは、もうすっかり赤く尖《とが》っている。といっても痛みはない。実は一度治癒魔法《ちゆまほう》でこっそり腫《は》れを引かせたのだ。

だが、先ほどまでの行為の最中に、サランドに執拗に抓《つね》られたことを白状させられたせいで、いつも以上にかわいがられてしまったのである。

新しい刺激を与えられるたびに、中に入っているクレイオスのものを締め付けてしまう。十分に大きいと思っていたものが、中でますます膨《ふく》らんでいる気がした。そして、それが自分のせいだと思うと酷く恥《は》ずかしい。

その上……。

「また腰が揺れているな」

「っ……ち、ちが……」

「違わないだろう？　ほら……」

「やっ……」

乳首をくりくりと押しつぶすようにされて、腰が揺らめいた。

「だめ、なのに……ぃ」

「何がだめなんだ？　好きなだけ強請《ねだ》っていいんだぞ？」

入っている場所を意識させるように腹を撫でられて、膝から力が抜けそうになる。

「ひぁ……っ」

少し体勢を崩《くず》しただけなのに、とん、と奥を突《つ》かれて高い声が零《こぼ》れる。もっと、奥を突いて、いっぱいかき混ぜて欲しいと思ってしまった。

「ルーシャス？　ほら、言ってみろ。どうして欲しい？」

「……い…いっぱい、動いて……中、出して…ぐちゅぐちゅって、して……っ」

羞恥《しゅうち》に頬《ほお》が燃えるように熱くなる。もうだめだと、拒《こば》んだのはついさっきなのに……。もう欲しくて堪《たま》らなくなっている。

「ああ、好きなだけ出してやる」

「ひ、ああっ、あっあっあっ、あぁっ」

腰を摑まれて、深い場所に何度も突き入れられる。激しい動きに、ひっきりなしに声が零れた。その上、体格差のせいで足が満足に床《ゆか》に着かず、つま先立ちになるたびに中をきつく締め付けてしまう。そこを割り開くように動かれると堪らなかった。

「あ、あぁっ、だめ……っ、イク…、イッちゃう……ぅ」

けれど、ベッドで抱かれたときにイキ過ぎたせいか、先端《せんたん》からは何も零れない。そのせいなのか、ずっと絶頂にいるような感覚が止まらなくて……。

「も、だめ…っあ……へ、変、だから……こんな…っ、あぁっ」

「確かに、ルーシャスの中、ずっとビクビクしているな」

「あ、んっ、あ、あ……」

吐息《といき》混じりの声が、脳髄《のうずい》を焼くような錯覚《さっかく》がする。そんな色っぽさそのものみたいな声で名前を囁《ささや》かれたら、全部だめになってしまう。

「も、終わって……っ、中、出して……っ」

涙声《なみだごえ》でそう言うと、腰を摑む手が強くなった気がした。

ずるりと抜き出されて、もう一度奥まで突き入れられる。何度も繰《く》り返されて、ルーシャスはもう意味のある言葉なんて何も言えなくなった。

気持ちがよくて、本当に言葉を忘れてしまったみたいにただ喘《あえ》いで……。

「あぁ――――……っ」

「っ……」

ようやく、一番奥に突き入れたクレイオスが中に出したのを感じて、そのまま意識を手放したのだった……。

エリアーナが研究室を訪ねてきたのは、あの夜会の夜から六日後のことだった。

エリアーナの魔力《まりょく》の検査結果が出て、ルーシャスとの比較《ひかく》も終わり、ある程度の研究結果が出たためだ。

一人掛《ひとりが》けのソファにクレイオスが座り、テーブルの角を挟んだ斜《なな》め前にルーシャス、その隣《となり》にエリアーナが座っている。

「結果から言うと、やはり通常の治癒魔法と、アルベルンの家系に伝わる治癒魔法は違《ちが》うものだった」

クレイオスの言葉に、ルーシャスとエリアーナは顔を見合わせる。クレイオスが、どうせならば二人同時に説明したほうが効率がいいというので、ルーシャスもまだ結果を聞いていなかったのだ。

「本来の治癒魔法は怪我《けが》を治すものだが、アルベルンの治癒魔法――いや、治癒魔法だと思われていたものは、浄化《じょうか》に特化している」

「浄化？　治癒魔法ではなかったということですか？」

浄化魔法というのは確かに存在している。だが、それは怪我の治療《ちりょう》などを行うものではないはずだった。

「怪我は治すから、一概《いちがい》に治癒《ちゆ》魔法ではないとは言い切れない。だがそれ以上に、呪《のろ》いや毒といったものに強いようだ。王族の嫁《よめ》としてはこれ以上なく頼《たの》もしい魔法だと言えるだろうな」

クレイオスの言葉に、ルーシャスは複雑な表情になる。ルーシャスとしては、万が一の際にクレイオスの治癒ができることは喜ばしいが、王族であるリカルドとのいざこざをエリアーナが思い出してしまうのではないかと思ったのだ。しかし、ちらりとエリアーナを見ると、特に落ち込んだ様子はないようで安心する。いや、むしろ少しうれしそうにすら見える。

「浄化魔法が基本的にはどういったものかは知っているな？」

「はい、もちろんです」

ルーシャスが答える横で、エリアーナも頷《うなず》く。浄化魔法は、シュトルムでは比較的《ひかくてき》身近な魔法だ。宗教国家であるシュトルムには多くの教会があるが、教会の神官は世襲《せしゅう》ではなく、浄化魔法を含《ふく》む聖魔法と呼ばれる魔法が一つ以上使えることが条件とされている。

最も、聖魔法は四大魔法以外では珍《めずら》しく、比較的遺伝することが多いため、結果的に世襲になっている教会もあるのだが……。

「……遺伝するのは、浄化魔法の影響《えいきょう》かも知れませんね」

「ああ、俺もそう考えている」

クレイオスに肯定《こうてい》されて、ルーシャスは微笑《ほほえ》む。

しかし、呪いや毒か……。アルベルン家系の人間が皆長寿《みなちょうじゅ》であるのも、それが多少関係しているのかも知れない。毒や呪いで殺されることを防げる、ということなのだから。

「さらに驚《おどろ》くべきことに、アルベルン侯爵《こうしゃく》家の浄化魔法は土地や空気など、場の浄化も行うようだ。これは、かなり特殊《とくしゅ》なものだが……侯爵領の農業生産率については調べさせてもらったから、土地の浄化に関してはほぼ間違《まちが》いないはずだ。そして、推測になるが、侯爵領は魔物《まもの》の出現が少なかったのではないか？」

「え、あ、そう……ですね。少ないはずです」

ルーシャスは領地の運営には関《かか》わっていないから、どれくらい少ないというようなことまでは分からないが、ほとんど魔物が出ないという話は聞いた覚えがある。侯爵家の財政が豊かなのはその安全性の高さのおかげもあるのだと。

「そんな力がわたくしたちに……」

エリアーナは不思議そうに自分の手を見て呟《つぶや》く。

信じられない気持ちなのだろう。ルーシャス自身もそうだ。遺伝するという特性は珍しいものの、ただの治癒魔法だと思っていたものが、そうではないなんて……。

「ますますアルベルン侯爵家にはこの国に来て欲しくなったな」

クレイオスはそう言って笑う。確かに、それが事実なら、その力を遺伝させられるというのは、相当な強みになる。

　とはいえ、ここまで強い力であれば、広く知られることがいいことばかりだとも言えないが……。

「秘匿《ひとく》するか発表するかは、ルーシャスたちの判断に任せる。発表すれば、魔法研究の分野だけでなく、政治的にもかなりの影響があるだろうが……どちらにしても助力は惜《お》しまないつもりだ」

　ルーシャスはエリアーナに視線を向けた。

「父上たちにまず相談して決めたいと思うけれど、エリアーナもそれでいいか？」

「はい。もちろんです」

　エリアーナは微笑んで頷く。

　この話を聞いて、両親がどう考えるかは分からない。だが、話したとしてもそれで驕《おご》るような両親ではない。悪い結果にはならないだろう。

「今日にでも手紙を書きます」

「わかった」

　ルーシャスの返答に、クレイオスはそう頷いた。だが、すぐにもう一度口を開く。

「とはいえ、アルベルン卿《きょう》はこのことを知っている可能性が高いのではないかと、俺は考えている。卿だけでなく、もしかするとシュトルム国王も知っているかもしれんな」

「父だけでなく、国王陛下もですか？」

意外な言葉に、ルーシャスは驚いて首をかしげた。

「どうしてでしょうか？」

「アルベルン侯爵家の亡命の話が進まないからだ。もしも、単なる治癒魔法使《ちゆまほう》いを多く生み出す家系だというなら、聖女と秤《はかり》にかけられるものではないはずだ」

ルーシャスはクレイオスの言った意味を考えて頷いた。

「それは……そうです」

聖女信仰《しんこう》の生きるシュトルムでは、聖女に勝《まさ》る地位は唯一《ゆいいつ》国王のみ。王妃《おうひ》や王太子ですら聖女の下となる。

「だからこそ、あの馬鹿《ばか》王子も先走ったのだろう」

そう言って、馬鹿にしたように笑ったクレイオスに、ルーシャスは苦笑《くしょう》する。

「確かに、聖女が存在しているという状況《じょうきょう》で、ここまで慰留《いりゅう》を求めていること自体がおかしい……」

冤罪《えんざい》であっても、聖女に仇《あだ》をなしたと断罪された娘《むすめ》のいる侯爵家だ。父である侯爵は、冤罪を認め、エリアーナの名誉《めいよ》を回復することを求めているが、それは聖女の言葉を否定することになる。

いくら姉の嫁《とつ》ぎ先である公爵家が味方してくれていたとしても、アルベルン侯爵家に額面通りの価値しかなかったとしたら、交渉《こうしょう》のテーブルにすら載《の》らなかっただろう。

「だが、王家が侯爵家の秘密を知っていたならば話は違ってくる。そして、王家が知るならば当の侯爵家の当主が知らない、などということもないのではないか？」

「……なるほど。確かにそうです」

ルーシャスは知らなかったが、当主と嫡男《ちゃくなん》だけに伝えられているという可能性も十分ある。

「エリアーナは知っていたか？」

王家に嫁ぐ当事者であったエリアーナならと思ったが、エリアーナはいいえ、と首を振《ふ》る。

「全く知りませんでした。サイラスお兄様でしたらあるいは……」

エリアーナの答えに、ルーシャスも頷く。

「とりあえず、父にはその辺りのことも訊《き》いてみようと思います」

知っているならば状況は動かないだろうが、何事も確認《かくにん》は大切だろう。などと考えていると、エリアーナが口を開いた。

「あの……閣下、一つお訊きしてもよろしいでしょうか」

「もちろん、構わない」

クレイオスが頷く。

「バルトロア王国の国王陛下は、この件について、すでにご存じなのでしょうか？」

エリアーナの問いに、クレイオスは何かに気づいたように軽く眉《まゆ》を上げ、それから頭《かぶり》を振った。

「いいや、まだ知らせていない。だが、お前達がそのほうがいいと判断するなら、俺のほうから伝えても構わない。――――他《ほか》に知らせたい相手はいるか？」

クレイオスの質問に、エリアーナは頷く。

「もちろん、父や兄の意見を聞いてからで構わないのですが、陛下にお伝えするならば、できれば、シレイア様と……ライオネル殿下《でんか》にもお伝えできればと」

ライオネル殿下？　思わぬ名前に、ルーシャスは首をかしげる。ライオネルはシレイアの弟であり、バルトロア王国の第二王子だったはずだ。

「確かに、このことはライオネルとの結婚《けっこん》の後押しになるかもしれんな」

「は？」

ライオネルの名前が出たとき以上の衝撃《しょうげき》が、ルーシャスを襲《おそ》った。

結婚？　一体何の話をしているのだろう？　いや、話の流れからすれば、エリアーナとライオネルの結婚ということなのだろうが……。

「え、エリアーナ？　いつの間にそんな話に……」

確かに随分《ずいぶん》と明るくなったと思っていたが、それが新しい恋《こい》によるものだったとは……。

「お兄様には、お話ししようとずっと思っていたのですが」

半ば呆然《ぼうぜん》と呟いたルーシャスに、エリアーナは頬《ほお》を染めてはにかみながらも話し出した。

どうやらシレイアとの茶会に、弟であるライオネルが何度か顔を出していたらしい。二人はったらしい。

互《たが》いにほのかに思い合いつつも、エリアーナの立場を前に二の足を踏《ふ》んでいた、という状況だ
「幸い、第二王子のライオネルには婚約者がいないからな。特殊な魔《ま》法《ほう》を持ちながらも、国内外の勢力図に影響《えいきょう》のないエリアーナは歓迎《かんげい》される可能性が高い」

シュトルムでは、王族は幼い頃《ころ》に婚約者を決めるのが普《ふ》通《つう》だったが、この国では派《は》閥《ばつ》の形成を恐《おそ》れ、王太子以外の男児は成人するまで婚約者を持たないのが普通らしい。

だが、第二王子ということは……。

クレイオスに向かいそうになった視線を、テーブルへと落とす。だが、そんなルーシャスの手をクレイオスがそっと握《にぎ》った。

驚いて顔を上げる。クレイオスは、エリアーナを見つめていた。

「ルーシャスが気にするだろうから俺が訊くが……ライオネルは俺と同じ立場になる可能性が高い。そうである以上、結婚したとしても、王太子に男児が生まれるまでは、子どもをもうけることができないと分かっているか？」

クレイオスの気持ちを思って口にできなかった疑問を、クレイオスはなんの気負いもなく口にしてくれる。

正直、クレイオスの言うとおり、ルーシャスはそのことが気にかかっていた。自分は男だから関係ないが、エリアーナにとっては重要なことなのではないだろうか。

だが、クレイオスの問いにエリアーナは微笑んで頷《うなず》く。

「もちろん、承知しております。殿下がわたくしを望んでくださるのならば、それくらいはいくらでも耐《た》えられます」

無理をしているようには見えなかった。そのことに、安堵《あんど》する。

「さすがルーシャスの妹だな」

クレイオスは愉快《ゆかい》そうに笑った。

「俺は二人を応援《おうえん》する。何かあれば相談に乗ってやろう」

「ありがとうございます」

エリアーナはそっと頭《こうべ》を垂れる。

その様子を見て、ルーシャスも口を開く。

「私も応援するよ。けれど、まずはライオネル殿下にお会いして、この目でどんな方か確かめたいな」

エリアーナはここに来る前、負わなくてもいい傷を負った。エリアーナが本当に幸せになれるというならば、どんなことであっても応援してあげたい。だが、同じくらい、また傷つくようなことになって欲しくない、とも思ってしまう。

「……わたくし、本当に幸せ者ですね」

エリアーナがうれしそうに笑う。

その顔を見て、ルーシャスは本当にもう、エリアーナは大丈夫《だいじょうぶ》なんだと思えた。

エリアーナはここで、きっと幸せになれる。

そして、それはきっと自分も……。

見つめた先で、クレイオスが満足気に微笑《ほほえ》んでくれる。どこまでも幸福な空気に、ルーシャスもまた、幸せな笑《え》みを浮《う》かべたのだった。

あとがき

はじめまして、こんにちは。天野《あまの》かづきです。この本をお手にとってくださって、ありがとうございます。

ここ数日、涼《すず》しさを通り越《こ》し、肌寒《はだざむ》くなってきた今日この頃《ごろ》ですが、皆様《みなさま》ご健勝でしょうか。突然《とつぜん》の温度変化に、風邪《かぜ》など召《め》されていないといいのですが……。

今回は、悪役令嬢《れいじょう》の兄が主人公です。主人公のルーシャスは、婚約破棄《こんやくはき》を言い渡《わた》されている妹を見た途端《とたん》、前世の記憶《きおく》が蘇《よみがえ》り、ここが小説の中の世界であることを思い出します。そして、断罪される妹を庇《かば》ったところ、なぜか隣国《りんごく》の王弟殿下《でんか》に気に入られ、妹共々隣国へ移住することになってしまう……というお話です。

一度、婚約破棄から始まるお話を書いてみたいなぁと思っていたので、こうして書かせていただけてうれしかったです。ヒロインをざまぁできなかったのは残念ですが、その分、別の人にしてもらったのでよしとしたいところです。

イラストは、蓮川愛先生が描《か》いてくださいました。攻《せめ》のクレイオスはもちろんかっこいいのですが、ルーシャスが本当に美人で眼福です……。カラーもモノクロも本当に素敵《すてき》で、特にモノクロの一枚目は、見た瞬間《しゅんかん》あまりのかっこよさに変な声が出ました。本当にありがとうございました。

ちなみに、今作の前にも異世界で溺愛《できあい》されるお話を、蓮川先生にイラストを担当していただき刊行しております。「攻略《こうりゃく》対象者の溺愛」「魔王《まおう》の溺愛」の二作品です。こちらもよろしくお願いします。

あと、現在「モブは王子に攻略されました。」を、文庫でもイラストを担当していただいた陸裕千景子先生にコミカライズしていただいています。二話目が二〇二一年十二月二十八日発売予定「エメラルド冬の号」に掲載《けいさい》されますので、是非《ぜひ》楽しんでいただければうれしいです。

また、コミカライズのほうは「獣王《じゅうおう》のツガイ」「蛇神《へびがみ》様と千年の恋《こい》」のコミックスが発売中です。どちらも陸裕千景子先生のお力によって、本当に素敵な作品にしていただいていますので、お手にとっていただければ幸いです。

そして、担当の相澤さんには今回も非常にお世話になりました……。いつもお気遣《きづか》いいただいて本当に感謝です。今後ともよろしくお願いします。お体に気をつけてお過ごしください……。三点リーダーは反省の証です。

最後になりましたが、ここまで読んでくださった皆様、本当にありがとうございました。いろいろなことが少しずつですが、よいほうに向かっているような気がしています。ですが、本当にお体には気をつけてくださいね。

この本が、疲《つか》れたとき、おうちでのんびりと開いていただける本の一冊になれていれば、とてもうれしく思います。

それでは、またどこかでお目にかかれれば幸いです。皆様のご健康とご多幸を、心からお祈《いの》りしております。

二〇二一年　十月

天野かづき

KADOKAWA RUBY BUNKO

王弟殿下《おうていでんか》の溺愛《できあい》

天野《あまの》かづき

角川ルビー文庫　22982

2022年1月1日　初版発行

発 行 者——青柳昌行
発　　行——株式会社KADOKAWA
〒102-8177　東京都千代田区富士見2-13-3
電話 0570-002-301（ナビダイヤル）
編集企画——エメラルド編集部
印 刷 所——株式会社暁印刷
製 本 所——本間製本株式会社
装 幀 者——鈴木洋介

●お問い合わせ
https://www.kadokawa.co.jp/（「お問い合わせ」へお進みください）
※内容によっては、お答えできない場合があります。
※サポートは日本国内のみとさせていただきます。
※Japanese text only

ISBN978-4-04-112085-9　C0193　定価はカバーに表示してあります。

──誰にも奪わせはしない。
お前のツガイは
俺だけだ。
海賊のツガイ
天野かづき
イラスト★蓮川愛
2
異世界に召喚され、Ωとしてαの海賊船の船長・キルクスのツガイとなった冬弥。しかし気になるのはツガイになった当初以来、一度も来ていない発情期のこと。発情期が来なくても、キルクスは自分を好きでいてくれるのかと冬弥は不安に思い…!?
α 海賊 × Ω 異世界トリップ
が贈るオメガバース!!
大好評発売中!
角川ルビー文庫 KADOKAWA